7번째
환생

# 7번째 환생 8

묘재 장편소설

초판 1쇄 찍은 날 § 2019년 1월 8일
초판 1쇄 펴낸 날 § 2019년 1월 15일

지은이 § 묘재
펴낸이 § 서경석

총괄팀장 § 최하나
편집책임 § 김경민
디자인 § 고성희, 신현아

펴낸곳 § 도서출판 청어람
등록번호 § 제387-1999-000006호
등록일자 § 1999. 5. 31
어람번호 § 제1-2993호

주소 § 경기도 부천시 부일로 483번길 40 서경B/D 3F (우) 14640
전화 § 032-656-4452 팩스 § 032-656-4453
http://www.chungeoram.com
E-mail § chungeorambook@daum.net



ISBN 979-11-04-91913-8 04810
ISBN 979-11-04-91777-6 (세트)

도서출판 청어람

FUSION FANTASTIC STORY

# 7번째 환생

8

묘재 장편소설

# Contents


| | |
|---|---|
| 1장. 인증 | 7 |
| 2장. 한판승 | 33 |
| 3장. 여름을 향해 | 59 |
| 4장. 마지막 승부 | 85 |
| 5장. 골든 웨이브 | 111 |
| 6장. 레전드 메이커 | 139 |
| 7장. 러브 콜 | 165 |
| 8장. 유럽 진출 | 191 |
| 9장. 동맹 | 217 |
| 10장. 심판의 날 | 243 |
| 11장. 추적자 | 271 |

1장
인증

7번째 환생은 작가의 상상력을 기반으로 창작된 소설로서 실제 상황 및 현실 배경과 다른 내용이 나올 수 있습니다. 또한 본문에 등장하는 지명과 인명은 실제와 관련이 없음을 알려 드립니다.

계절은 빠르게 변했다.

언제 찬바람이 쌩쌩 불었냐는 듯 봄기운이 살랑살랑 고개를 들고 있었다.

봄을 맞이한 올림푸스와 퓨처 모터스 직원들은 연일 바쁜 스케줄을 소화해 냈다.

하지만 다들 기대감으로 부풀어 있는 상태였다.

소울 스톤 발전소 준공과 전기차 출시라는 가시적인 성과를 앞두고 있기 때문이다.

모든 게 순조로워 보였다.

도로 주행을 마친 퓨처 모터스는 양산형 제작에 돌입했다.

실제로 소비자들에게 판매될 제우스 S를 제작하고, 한 달에 최소 1,000대를 생산할 준비를 시작한 것이다.

그러나 양산에 앞서 넘어야 할 산이 남아 있었다.

바로 각국 정부의 인증이다.

퓨처 모터스는 제주도에 먼저 제우스 S 1,000대를 배정하기로 MOU를 체결하고 선금을 받았었다.

그렇기에 한국 정부의 인증을 받는 게 첫 번째 순서다.

최치우를 비롯해 임동혁과 브라이언은 이를 어렵게 생각하지 않았다.

전기차는 배기가스 배출 등 환경 문제를 일으키는 부분에서 자유롭다.

환경부 인증 절차가 아무리 까다로워도 제우스 S가 걸릴 일은 없을 것 같았다.

사람들이 전기차라고 하면 가장 먼저 떠올리는 특징이 바로 친환경이다.

기름을 아예 쓰지 않기 때문에 환경부에서 트집을 잡을 여지가 거의 없다.

그런데 반전이 일어났다.

말 같지도 않은 이유로 전기차 인증을 막는 것.

그 어려운 일을 우리나라 환경부가 해낸 셈이다.

최치우는 환경부에서 날아온 통지문을 읽고 어이가 없었다.

황당함을 느낀 건 최치우 혼자만이 아니었다.

인증 관련 실무를 진행하던 퓨처 모터스와 올림푸스 직원들도 환경부의 처사를 이해하지 못했다.

급하게 모인 임동혁과 백승수, 그리고 실리콘밸리에서 화상으로 회의에 참여한 브라이언 역시 마찬가지였다.

"그러니까 인증을 거부한 이유가……."

최치우는 환경부에서 보낸 서류를 다시 읽으며 고개를 내저었다.

아무리 봐도 이해할 수 없는 사유였다.

"좀 많이 황당합니다. 급속 충전기를 설치하는 과정에서 발생하는 소음과 공해에 대한 대책 미비를 근거로 내세웠습니다."

"차에 시비를 걸 수 없으니 충전기를 걸고 넘어졌는데, 누가 봐도 억지입니다."

임동혁과 백승수의 목소리에는 강한 불만이 담겨 있었다.

환경부가 의도적으로 훼방을 놓고 있다고 해석할 수밖에 없기 때문이다.

"출시 일정에 차질이 생길 수 있나요?"

큼지막한 모니터 너머로 브라이언의 목소리가 울렸다.

화상회의지만, 그의 음성은 마치 여의도 본사 회의실에 앉아 있는 것처럼 생생했다.

최치우는 화면 속 브라이언을 바라보며 대답했다.

"양산은 계획대로 진행합니다. 아직 7월까지는 시간이 남아 있으니 그 전에 해결을 봐야죠."

"최악의 경우 미국에 먼저 출시하는 것은……."

"그건 곤란합니다. 제주도와 MOU를 체결하며 선금으로

1,000억 원을 받은 조건은 1차 물량 우선 배정이었습니다. 이유야 어찌 됐든 초도 물량 1,000대는 반드시 제주도에 먼저 풀어야 됩니다."

최치우의 말투는 단호했다.

장애물이 등장했다고 해서 대충 피해 가려 요령을 피우면 더 큰 문제를 마주하게 된다.

환경부가 왜 딴지를 거는지 파악하고, 확실하게 문제를 해결해야 한다.

그렇지 않으면 또다시 비슷한 문제가 터져 발목을 잡을 것이다.

"임 이사님, 환경부 쪽 고위 인사와 접촉할 수 있습니까?"

"시도는 하고 있는데 올림푸스라고 하면 전화를 끊어버립니다."

공무원들이 몸을 사리는 건 당연하지만, 무조건 전화를 끊을 정도로 민감하게 구는 경우는 흔치 않다.

뭔가 심상치 않은 분위기였다.

"그 정도면 장관이 직접 내부 단속을 한 것 같군요."

"아마도… 생각 이상으로 내막이 복잡할 것 같습니다."

"알겠습니다. 계속 조심스레 접촉을 시도해 주세요. 그리고 백 팀장님."

최치우가 이번에는 백승수를 불렀다.

정부를 상대로 중요한 일을 추진할 때 믿을 수 있는 사람은 많지 않다.

임동혁에게 집중된 업무는 한계선을 넘고 있고, 이시환은 남아공에서 땀을 흘리고 있다.

백승수가 잠재력을 발휘하며 진가를 드러내야만 하는 시기였다.

더 이상 올림푸스의 안살림만 챙기는 역할에 만족해서는 안 되는 것이다.

대외적으로 최치우의 최측근으로서 백승수의 존재감과 역량을 표출해야 한다.

"네, 대표님."

최치우가 중요한 지시를 내릴 것을 예측했는지 백승수가 사뭇 진지한 표정을 지었다.

"이럴수록 제주도청과 흔들리지 않는 신뢰 관계를 유지하는 게 중요합니다."

"네! 제가 오늘이라도 제주도로 내려가서……!"

"좋아요. 원성룡 지사를 만나서 내 뜻을 전하고, 커뮤니케이션을 해주세요."

"감사합니다! 아니, 알겠습니다."

백승수는 막중한 책임과 기회를 부여받았다.

혼자 제주도로 내려가 원성룡 도지사라는 거물을 만나게 된 것이다.

그만큼 최치우가 백승수를 믿고 힘을 실어준 셈이었다.

"환경부가 인증을 미루는 이유는 둘 중 하나일 겁니다. 우리에게 시비를 거는 것, 아니면 제주도에 시비를 거는 것. 원성룡

지사를 만나면 둘 중 뭐가 정답인지 알 수 있겠죠."

최치우는 이미 환경부의 속내를 비교적 정확히 유추하고 있었다.

갑작스러운 인증 거부 사태에도 그는 담담했다.

패닉에 빠지면 해결책을 찾을 수 없다.

리더는 최악의 상황에서도 언제나 침착해야 하는 법이다.

속은 타들어가도 밖으로 드러내면 안 된다.

리더가 불안해하면 그를 따르는 사람들은 더욱 혼란스러워진다.

'어쩌면……. 아니다, 일단 지켜보자.'

최치우는 불길한 생각이 들었지만, 눈앞의 문제에 집중하기로 했다.

우선 제주도청을 다독이고, 누가 환경부를 움직이는지 알아내는 게 급하다.

막힘없이 술술 흘러가던 올림푸스와 퓨처 모터스 앞에 까다로운 장애물이 툭 튀어나왔다.

새해 들어 처음으로 최치우의 리더십이 시험대에 올랐다.

역시 풍성한 결실을 거두기 위해서는 끝까지 땀을 흘려야 하는 것 같았다.

* * *

최치우는 환경부 장관과 직접 만나기 위해 일정을 조율하고 있었다.

아무래도 돌아가는 상황이 심상치 않았다.

쉽게 생각하다간 크게 낭패를 볼지 모른다.

사태가 더 커지기 전에 장관을 만나 담판을 짓는 게 최선이다.

최치우와 환경부 장관은 모르는 사이가 아니다.

이미 만난 적이 있었다.

소울 스톤 발전소의 첫 삽을 뜨는 날, 두 사람은 함께 테이프를 커팅하며 환담을 나눴었다.

그때까지만 해도 환경부 장관은 올림푸스의 사업에 무척 호의적이었다.

대한민국 광명에 세계 최초로 소울 스톤 발전소를 짓게 된 것은 환경부 장관에게도 크나큰 치적이다.

숟가락만 얹은 셈이지만, 어쨌든 환경부도 업적을 세운 것으로 역사에 남을 것이다.

그렇기에 최치우는 일단 장관을 만나기만 하면 문제가 풀릴 거라 기대했다.

하지만 기대는 실망으로 돌아왔다.

환경부 장관은 올림푸스의 연락을 피하며 최치우를 만나려 하지 않았다.

도저히 이해할 수 없는 일이다.

유력 정치인과 기업인들은 최치우를 못 만나서 안달이었다.

최치우는 단순히 재계에서 손가락에 꼽히는 기업 CEO가 아니다.

전국민적 인기를 누리는 슈퍼스타고, 세계적으로도 엄청난 영향력을 행사하고 있다.

따라서 최치우와 만나 사진 한 장만 같이 찍어도 정치인들은 엄청난 홍보 효과를 누릴 수 있다.

그럼에도 불구하고 환경부 장관이 피하는 건 분명 특별한 이유가 있다는 뜻이다.

올림푸스의 홍보팀장은 장관 비서실에서 매번 부재중이라 밝힌다며 분을 삼키지 못했다.

부재중이 아닌 게 뻔한데 거짓말도 한두 번이지 정도를 넘어섰다는 것이다.

만약 최치우가 직접 환경부 장관 집무실로 찾아가면 만남이 성사될 수 있다.

다른 사람도 아닌 최치우의 행차를 무시할 정도로 간이 크지는 않을 것 같았다.

그러나 억지로 만나봐야 무슨 효과가 있겠는가.

그 와중에 제주도에서는 희소식인지 모를 연락이 올라왔다.

최치우를 대신해 제주도로 내려간 백승수는 원성룡 지사를 비롯한 제주도청 사람들과 우애를 나눴다.

인증이 지연되어도 제주도에 우선 물량을 배정한다는 원칙을 약속한 것이다.

제주도청도 전기차 인프라를 개선하기 위해 최선을 다하는 중이었다.

환경부에서 태클을 걸었지만, 주요 관광지마다 제우스 S를 위한 급속 충전기를 설치하려고 입지 선정을 마쳤다.

환경부에서 인증만 해주면 곧바로 충전소 공사를 시작할 수 있다.

모든 절차가 환경부 하나 때문에 막힌 것이다.

원성룡 지사는 본인이 환경부와 척을 질 일은 전혀 없다고 말했다.

그는 야당 소속이지만 정치색이 뚜렷하지 않은 중도적 인물로 유명하다.

야당의 유력 대선 후보인 정제국 의원과도 그리 가까운 사이가 아니다.

오히려 지금의 유영조 대통령과 여러 현안을 협의하며 좋은 그림을 종종 연출했다.

환경부가 느닷없이 원성룡 지사를 타깃으로 삼고 인증을 미룰 확률은 낮았다.

결국 올림푸스, 그리고 최치우를 견제하려는 것이다.

장관이 계속해서 연락을 피하는 것만 봐도 의도는 명확하다.

환경부의 속내를 알았으면 그에 걸맞은 대처법을 찾을 수밖에 없다.

"직접 전화를 걸어버릴까……. 내 전화까지 안 받을 만큼 세게 나오진 못할 텐데."

최치우가 손가락으로 대표실 책상을 두드리며 혼잣말을 읊조렸다.

장관 집무실까지 찾아가는 건 모양이 좋지 않다.

그러나 전화라면 한 번쯤 걸어볼 만하다.

최소한 환경부에서 무엇을 원하는지 이유라도 알면 속이 시원할 것 같았다.

"그래, 해보자."

최치우가 결심을 굳혔다.

그는 폰을 꺼내 주소록을 뒤졌다.

환경부로 백날 전화를 걸어봐야 아무 소용이 없을 것이다.

장관이 압박을 느끼게 하려면 개인 전화로 연락을 해야 한다.

다행히 소울 스톤 발전소 기공식에서 명함을 교환하고 개인 번호를 주고받았다.

"번호가 바뀌진 않았겠지."

최치우는 어떤 말로 환경부 장관에게 거부할 수 없는 압박을 가할지 고민했다.

보통 거물급 정치인들은 개인 번호를 잘 바꾸지 않는다.

대외적으로 번호를 공개할 일도 거의 없고, 20년 전부터 한 번호만 쓰며 쌓은 네트워크를 소중히 여기기 때문이다.

스윽—

최치우가 손가락을 움직여 통화 버튼을 누르려 했다.

그런데 마치 타이밍을 맞춘 듯 누군가 대표실 문을 두드렸다.

똑똑—

"대표님!"

임동혁의 목소리였다.

톤이 올라간 음성은 제법 다급하게 들렸다.

최치우는 폰을 내려놓고 고개를 돌렸다.

"들어오세요."

"대표님, 공문이 날아왔습니다."

임동혁의 얼굴에 노기가 서려 있었다.

그는 최치우 앞이라서 분노를 꾹꾹 눌러 담은 채 참고 있는 것 같았다.

최치우가 없었다면 손에 든 공문을 갈기갈기 찢었을지 모른다.

"무슨 일입니까? 왜 그렇게 화가 났어요?"

"환경부에서 보낸 새로운 공문입니다."

예감이 좋지 않았다.

전기차 인증 문제로 줄다리기를 하고 있는 환경부에서 공문을 또 보낸 것이다.

최치우는 공문을 넘겨받아 빠르게 읽었다.

"이거 환경부가 우리와 전쟁을 하자는 선전포고로 들리는데 맞습니까?"

그의 얼굴도 임동혁 못지않게 화난 기색으로 물들었다.

임동혁은 고개를 끄덕이며 동조했다.

"완공을 앞둔 소울 스톤 발전소에 대한 실태 조사는 절대 받아들일 수 없습니다."

환경부의 공문은 충격적인 내용을 담고 있었다.

소울 스톤 발전소가 절차대로 지어지고 있는지, 하자는 없는지 이제 와서 실태 조사를 펼치겠다는 것이다.

발전소 완공을 앞두고 환경부가 생떼를 쓰는 거나 다름없다.

전기차에 이어 소울 스톤 발전소까지, 환경부의 권한을 마구잡이로 휘두르며 노골적으로 올림푸스를 괴롭힐 모양이다.

최치우는 다 읽은 공문을 한 손으로 구겼다.

"한번 해봅시다. 열흘 안에 환경부 장관이 내 앞에서 무릎 꿇고 싹싹 빌게 할 겁니다."

올림푸스가 환경부의 선전포고를 받아들였다.

꽃이 만개하는 아름다운 계절 봄, 올림푸스는 또다시 피비린내 가득한 싸움을 해야 할 것 같았다.

* * *

"어떻게 생각하십니까?"

하루에 오직 한 테이블만 받는, 프라이버시를 완벽히 보장하는 비밀스러운 식당에서 최치우가 질문을 던졌다.

버튼을 눌러 부르지 않으면 서빙을 하는 직원들도 함부로 들어오지 못한다.

이곳에서는 누구를 만나 무슨 이야기를 하든 편하게 음식과

술을 즐기며 대화를 나눌 수 있다.

그러나 넓은 대리석 테이블을 차지한 최치우의 표정은 심각했다.

맞은편에 앉은 문종인 검찰총장도 마찬가지였다.

두 사람 사이에는 산해진미가 가득 차려졌지만, 최치우와 문종인 모두 젓가락을 들지 않았다.

그럴듯한 자리가 필요했을 뿐, 편안한 마음으로 먹고 마실 기분이 아니었다.

"아무래도……."

오래 침묵을 지키던 문종인 검찰총장이 입을 열었다.

최치우는 재촉하지 않고 그의 말을 기다렸다.

환경부를 위시한 현 정부 고위층에서 무슨 일이 벌어지는지 가장 잘 아는 사람이 바로 문종인 총장이다.

"대통령이 직접 움직이는 것 같소."

짐작은 했지만 문종인을 통해 확인하니 묵직하게 한 방 맞은 느낌이었다.

최치우는 고개를 끄덕였다.

"역시 청와대군요. 그게 아니면 환경부가 저렇게 막 나갈 수는 없었겠죠."

"1년도 안 남은 시한부 권력이지만… 그래도 아직은 살아 있는 권력 아니오. 게다가 청와대와 정부에서 유 대통령의 신망이 워낙 두터운 편이니 환경부 장관도 어려운 결정을 내린 것 같소."

"유영조 대통령님이 얼마나 훌륭한 분인지 잘 알고 있습니다. 그분께서 직접 움직인다면 꽤 골치 아픈 싸움이 되겠군요."

최치우는 유영조 대통령을 싫어하지 않았다.

환경부의 배후에 청와대가 있는 게 확인됐지만, 원망하는 마음도 들지 않았다.

서로를 존중하지만 가는 길이 달라졌을 뿐이다.

최치우가 여당 후보 유경민을 탈탈 털어버리면서 시작된 싸움이다.

임기가 남은 대통령이 가만히 있길 바라는 것 자체가 난센스다.

"어떻게 할 생각이오? 대통령이 나섰다는 소문은 파다하게 퍼지고 있소."

문종인도 다소 불안한 표정이었다.

그는 유경민과 정제국의 차기 대선 구도에서 최치우를 선택했다.

최치우가 원하는 대로 유경민을 작정하고 털었고, 자연스레 유영조 대통령과 갈라서게 됐다.

하지만 막상 자신을 임명한 현직 대통령이 움직이자 감정이 요동칠 수밖에 없었다.

"우선 한잔하시죠. 음식도 술도 다 식겠습니다."

"크흐음."

문종인 검찰총장은 내키지 않았지만 최치우가 따르는 술을 받았다.

그도 최치우의 잔에 미지근하게 데워진 사케를 가득 따랐다.

최치우는 잔을 들고 차분하게 말했다.

“총장님, 우리는 이미 한배를 탔습니다. 돌아가기엔 너무 멀리 왔다는 것을 알고 계실 겁니다.”

부정할 수 없는 사실이다.

문종인은 적극적으로 검찰을 움직였다.

대검 중수부 캐비닛을 활짝 열었고, 유경민과 홍문기의 모든 자료를 탈탈 털어 구속이라는 성과를 냈다.

물론 중수부 검찰들이 사냥개처럼 뛰어다닌 게 전적으로 문종인 총장 때문은 아니었다.

최치우가 유경민을 노린다는 소문이 돌았고, 오성그룹이 지원을 끊은 게 결정적이었다.

그래도 문종인 검찰총장은 방아쇠를 당긴 셈이다.

최치우 때문이든, 아니면 정제국 때문이든 문종인이 청와대와 척을 지기로 결심했다는 건 모르는 사람이 없었다.

“나는 최 대표를 믿고 주사위를 던졌으니 끝까지 가는 수밖에 없소. 그러니 대책을 마련해야지 않겠냐는 말이오.”

“건배부터 하는 건 어떻습니까.”

최치우는 여유롭게 행동했다.

문종인은 여우다.

서로 거래를 했을 뿐, 100% 믿을 수 있는 인물은 아니다.

그렇기에 위기에 처했어도 완벽한 카리스마와 여유를 과시할 필요가 있다.

최치우가 빈틈을 보이면 문종인 한 사람만 흔들리지 않고, 그의 휘하에 있는 검찰 조직이 불안에 빠질 것이다.

후욱—

최치우는 잔을 부딪치고, 사케를 단숨에 털어 넣었다.

술이 들어가니 체온이 조금씩 달아오르는 것 같았다.

"준비한 게 있습니다."

최치우가 품에서 USB 하나를 꺼냈다.

문종인 총장은 영문을 모르겠다는 눈빛으로 식탁 위에 놓인 USB를 쳐다봤다.

"뭐가 담겨 있는 것이오?"

"환경부의 실세라고 불리는 국장, 실장들의 인사 기록과 친인척 관계입니다."

"아니, 그런 걸 어떻게 구했소?"

"방법이야 찾기 나름이죠."

최치우가 씨익 미소를 지었다.

그러나 문종인 총장은 최치우의 웃음을 보며 소름이 돋는 걸 느꼈다.

나이와 지위, 경력을 떠나 최치우가 자신을 리드하는 윗사람이란 걸 인정할 수밖에 없었다.

"아시다시피 장관과 차관은 언제든 잘릴 사람들입니다. 정권이 1년도 안 남은 지금, 부처의 핵심 공무원들이 장차관 눈치를 보겠습니까? 그들은 앞으로 오랫동안 같이 일해야 하는, 그리고 다음 정권에서 장관이나 차관이 될 가능성이 높은 실세들의 눈치를 살필 겁니다."

"그래서 국장과 실장들의 기록을 정리하다니… 최 대표는 정말 젊은 사람 같지 않소. 평생을 검찰에서 보내며 정치권의 암투를 지켜본 나도 미처 생각하지 못한 것을……."

"역발상. 제가 늘 올림푸스 직원들에게 강조하는 것입니다."

"역발상?"

"환경부 장관을 움직이기 위해 윗선을 잡는다, 이게 누구나 다 하는 생각이겠죠. 하지만 청와대와 틀어진 이상 장관의 윗선을 낚아채긴 힘듭니다."

"정확하오."

"그럼 아래를 움직여야죠. 어차피 부처에서 실무를 담당하는 건 공무원들입니다. 실세인 국장과 실장들의 멱살을 잡으면 공무원 조직은 따라올 수밖에 없습니다. 환경부 장관은 허수아비가 될 겁니다."

최치우는 공무원 조직의 생리까지 꿰뚫고 작전을 준비했다.

임동혁을 통해 환경부 실세들의 리스트를 만들었고, 문종인 총장에게 자료를 건네며 구체적인 지시를 내린 것이다.

과거 정부에서도 가끔씩 장관이 힘을 못 쓰는 경우가 발생했다.

장관이 됐다고 해서 무조건 조직을 장악하는 게 아니다.

청와대의 개입이 지나치거나 일선 공무원들이 반발하면 이 빨 빠진 호랑이가 된다.

"이제 좀 입맛이 도는 것 같소."

"드시죠. 저도 배가 고팠습니다."

"아무리 생각해도 최 대표와 같은 배를 타서 참 다행이오."

"절대 침몰하지 않는 함선, 아니, 항공모함이 되겠습니다."

딱딱하던 분위기가 급격히 풀어졌다.

최치우는 가벼운 농담을 주고받으며 젓가락을 들었다.

비로소 마음 놓고 산해진미를 즐길 수 있을 것 같았다.

*　　　*　　　*

"대체… 왜 이러십니까?"

중년 남성이 손을 덜덜 떨면서 말했다.

꼿꼿하게 질문을 하지만, 긴장한 티가 전신에서 풍겨져 나왔다.

그도 그럴 수밖에 없다.

평생 공무원으로 살아온 중년인의 눈앞에 엄청난 거물이 앉아 있기 때문이다.

올림푸스와 퓨처 모터스의 CEO인 최치우.

그는 대통령과도 종종 독대를 하는 사이라고 소문이 퍼져 있다.

강명원 국장은 환경부에서 초고속 승진을 거듭하며 에이스로 정평이 난 사람이다.

하지만 최치우 앞에서는 눈을 마주치기도 힘들었다.

최치우가 굳이 내공을 뿜어내 무형의 힘으로 굴복시킬 필요도 없었다.

관료 사회의 공무원들은 상명하복에 익숙하다.

자신보다 상급자라고 생각되면 철저하게 고개를 숙인다.

게다가 최치우는 강명원 국장의 생명 줄을 잡고 있다.

그동안 강명원 국장이 환경부 관할 업체에서 몰래 받은 리베이트와 접대 내역을 메일로 보냈기 때문이다.

메일을 읽은 강명원 국장은 눈알이 튀어나올 듯 충격을 받았다.

조용히 만나서 이야기하자는 최치우의 제안을 거절할 도리가 없었다.

"왜 이러는 것 같습니까?"

최치우가 강명원 국장에게 반문을 했다.

이러는 이유를 다 알고 있지 않느냐는 뜻이다.

강명원 국장은 고개를 푹 숙였다.

최근 환경부에서 작정하고 올림푸스를 건드렸다.

전기차 인증 문제로 시비를 걸었고, 소울 스톤 발전소의 실태 조사까지 추진하며 시간 끌기에 돌입했다.

환경부의 태클은 다른 정부 부처에서도 화제가 됐다.

"혹시 환경부의 인증 문제 때문이라면 저는……."

강명원 국장이 조심스레 입을 뗐다.

그러나 말을 제대로 끝맺지 못했다.

실무 레벨에서 전기차 인증과 발전소 실태 조사를 결재한 사람이 바로 강명원이기 때문이다.

장관의 지시를 받고 총대를 멨지만, 실무 책임자는 강명원이었다.

그렇기에 변명의 여지가 없었다.

어설프게 설명을 해봤자 먹히지도 않을 것이다.

"강 국장님, 내가 보낸 메일을 언론사 기자에게 뿌리면 어떻게 될까요."

"그, 그건……! 절대 안 됩니다. 그것만은 절대……!"

"기사가 터지고, 비리 공무원으로 물러나는 게 끝이 아니겠죠. 연금 혜택이 사라지는 건 약과일 겁니다. 검찰 조사가 시작되면 실형을 살게 될지도 모릅니다."

최치우의 말은 괜한 협박이 아니었다.

강명원 역시 일이 어떻게 흘러갈지 뻔히 알고 있었다.

말 그대로 목숨 줄을 잡힌 셈이다.

"후우우."

그가 땅이 꺼져라 깊은 한숨을 내쉬었다.

환경부 안에서 인정을 받으며 승승장구했기에 큰 문제가 없을 줄 알았다.

잘나가는 고위 공무원들이 리베이트를 받는 건 비밀도 아니다.

업체에서도 접대와 리베이트를 제공한 공무원을 지키기 위해 애쓴다.

적발되면 같이 처벌을 받고, 기껏 공들여 키운 공무원까지 날아가기 때문이다.

그래서 여전히 정경유착이 심각한데 웬만해서 걸리지 않는 것이다.

검찰도 장관이나 차관급이 아닌 이상 굳이 공무원을 표적으로 수사를 진행하진 않는다.

그런데 강명원 국장은 자신이 감당할 수 없는 게임에 끼어들었다.

고래 싸움에 새우 등 터진다는 속담이 딱 맞아떨어진 상황이다.

하필이면 최치우가 실세 공무원 리스트를 뽑아서 검찰총장에게 건넬 줄 어떻게 알았겠는가.

외통수에 걸렸으니 빠져나갈 희망도 없다.

최치우는 한숨만 푹푹 쉬는 강명원 국장에게 원하는 바를 말했다.

"강 국장님 앞에는 두 가지 선택지가 주어졌습니다."

"……."

강명원은 입을 꾹 다물었지만, 귀를 쫑긋 세우는 기색이 보였다.

최치우는 무감정한 목소리로 말을 이어갔다.

"비리 공무원으로 모든 것을 잃고 매장당하는 게 첫 번째 선택입니다. 그러나 최근 올림푸스와 퓨처 모터스를 대상으로 환경부가 인증 및 실태 조사 방침을 밝힌 게 장관의 압력 때문이었다고 양심선언을 한다면……. 그럼 접대도, 리베이트도 모두 없던 일이 되겠죠."

강명원 국장이 고개를 들었다.

사실 선택지는 정해진 것이나 마찬가지다.

이번 일로 강명원 국장은 최치우에게 완전히 생명 줄을 내어줬다.

그래도 일단은 살아남아야 한다.

부정부패를 저지른 비리 공무원으로 온 세상에 알려지는 것보다는 내부 폭로자가 되는 게 훨씬 낫다.

동료들의 따가운 눈총을 받겠지만, 이판사판 가릴 처지가 아니다.

어차피 정권이 바뀌면 장관도 바뀐다.

최치우는 갈등하는 강명원 국장의 마음에 쐐기를 박았다.

"정권이 바뀌면 강 국장님이 용기 있는 내부 폭로자로 재조명을 받지 않겠습니까? 당장은 환경부에서 따돌림을 당할지 모르지만, 다음 정부에서는 차관까지 승진하는 길이 열릴 수도 있겠죠."

차관이라는 두 글자가 강명원 국장의 마음을 흔들었다.

장관은 정치적인 자리다.

반면 차관은 공무원이 닿을 수 있는 최고의 자리로 여겨진다.

실제로는 차관이 부처의 업무를 대부분 관할하고 있다.

최치우는 속으로 피식 웃음을 터뜨렸다.

강명원 국장은 확실히 넘어왔다.

조만간 기자들을 잔뜩 불러서 대국민 양심선언을 하게 될 것이다.

환경부 장관의 앞날은 정해져 있었다.

최치우는 또 한 번 손에 피를 묻히며 가로막는 장애물을 치워 나갔다.

올림푸스를 위해 그는 기꺼이 패도(覇道)를 개척하는 중이었다.

2장
한판승

환경부 장관은 올림푸스 홍보팀장이 그렇게 전화를 해도 피하기만 했다.

그러나 이제는 상황이 달라졌다.

비서실을 거치지 않고 직접 전화를 걸어 최치우를 만나겠다고 사정했다.

약속 시간을 잡아주지 않으면 올림푸스 건물 로비에서 진을 칠 기세였다.

올림푸스 홍보팀장은 그동안 묵은 체증이 시원하게 내려가는 걸 느끼며 보고를 올렸다.

최치우는 직원들이 모두 퇴근하고 난 다음 환경부 장관을 사무실에서 만나기로 했다.

보통 장관 정도 되는 사람들은 늦은 시간에 움직이지 않는다.

하지만 새벽 3시에 오라고 해도 마다할 처지가 아니었다.

강명원 국장의 기자회견이 전국을 강타하며 수습 불가능한 뉴스를 만들어냈기 때문이다.

심지어 미국과 일본, 중국, 유럽의 외신들도 속보로 강명원 국장의 내부 폭로를 보도했다.

장관의 압력을 받아 어쩔 수 없이 올림푸스가 추진하는 사업에 태클을 걸었다고 밝힌 강명원 국장은 용기 있는 내부 폭로자가 됐다.

화가 난 국민들은 청와대 온라인 청원을 통해 환경부 장관을 해임하라는 건의를 쏟아냈다.

기자회견을 하고 고작 3시간이 지났을 뿐인데 세상이 들끓고 있었다.

"정치인들이 그러면 그렇지. 기업 잘되는 꼴을 못 보고 뭐라도 뜯어먹으려고 발목이나 잡고 말이야."

"이참에 싹 갈아엎었으면 좋겠네. 썩은 놈들이 환경부 장관 한 놈뿐이겠는가?"

"25살밖에 안 된 젊은 청년이 세계적인 기업을 만들어 우리나라를 알리고 있는데 도와주진 못할망정, 쯧쯧쯧."

"대통령도 좋게 봤는데 영 실망이야. 어떻게 저런 사람을 환경부 장관 자리에 앉혔을까?"

사람들이 모이는 장소마다 환경부 장관에 대한 성토가 이어졌다.

비난의 화살은 청와대로 뻗어가고 있었다.

조기에 수습하지 못하면 레임덕이 가속화될 수밖에 없다.

안 그래도 정권을 1년도 안 남겨둔 불안한 상황이다.

게다가 여당의 유력 대선 후보인 유경민이 구치소에 들어가 레임덕이 시작되고 있었다.

흔들리는 청와대는 환경부 스캔들이라는 직격탄을 감당하지 못할 것 같았다.

딩동댕동— 딩동댕동—

그때 건물 1층 로비에서 올림푸스로 인터폰을 걸어왔다.

24시간 근무하는 경호팀에서 손님이 왔음을 알리려는 것이다.

최치우는 직원들이 퇴근하고 텅 빈 사무실에서 인터폰을 받았다.

—로비입니다. 실례지만…….

“네, 올림푸스입니다. 우리 손님이니 보내주세요.”

—아, 알겠습니다!

환경부 장관 박병준이 수행원도 대동하지 않고 혼자 달려왔다.

최치우는 사무실 불을 켜고 입구로 걸어나갔다.

빌딩 한 층을 통째로 쓰는 넓은 사무실에 혼자 있지만 휑하게 느껴지지 않았다.

직원들이 늘어나며 사무 기구가 공간을 채웠고, 무엇보다 통

유리 너머로 보이는 한강의 야경이 파노라마처럼 펼쳐져 충만감을 주기 때문이다.

삐비빅—

이윽고 박병준 장관이 올림푸스 사무실 입구에 도착했다.

최치우는 버튼을 눌러 문을 열어줬다.

"오랜만입니다, 장관님."

아무 일도 없다는 듯 인사를 건네는 모습이 더 무섭게 느껴질 것 같았다.

박병준 장관은 최치우를 보자마자 바짓가랑이라도 잡을 기세였다.

"최 대표! 나 좀 살려주시오!"

"제가 언제 장관님을 죽이기라도 했습니까?"

"강명원 국장……. 최 대표가 움직였다는 거 알고 있소. 제발 좀 살려주시오."

정말 급하긴 급한 상황 같았다.

장관으로서 체통 같은 건 안중에도 없었다.

최치우는 박병준을 데리고 대표실 안으로 들어갔다.

"앉아서 이야기하시죠."

소파에 앉아서도 박병준 장관은 안절부절 가만있지를 못했다.

최치우는 느릿느릿 커피를 드립해서 놓아줬다.

"케냐 남부에서 소량만 생산되는 스페셜티 원두로 만들었습니다. 얼마 전 올림푸스 남아공 본부에서 보내준 겁니다."

"최 대표."

박병준 장관은 커피에 눈길도 주지 않았다.

공직자로서 생명이 경각에 달린 처지다.

아무리 귀한 커피라도 향이 코로 들어올 리 없었다.

"내 말 돌리지 않고 솔직히 부탁을 드리겠소. 청와대 지시로 전기차 인증과 발전소 조사를 지시한 것은 맞지만… 최 대표에게 개인적인 감정이 있어서 그런 게 아니란 걸 알지 않소? 부디 살려주시오."

"저도 장관님에게 개인적 감정이 없습니다. 그러나 장관님은 선택을 했고, 어른이라면 마땅히 자기 선택에 책임을 져야죠."

"최 대표… 제발!"

박병준 장관이 덜컥 무릎을 꿇었다.

이로써 최치우가 임동혁에게 내뱉은 말이 실현됐다.

그는 열흘 안에 환경부 장관이 무릎 꿇고 싹싹 빌게 하겠다며 호언장담을 했었다.

정부 부처를 움직이는 장관도 최치우가 마음을 먹으면 꼼짝달싹할 수 없다.

박병준 장관은 돌이키기 힘든 선택을 내린 것이다.

최치우는 적에게 자비를 베푸는 성격이 아니다.

"장관님, 이대로 언론과 여론의 폭탄 세례를 맞으며 버티다 불명예스럽게 퇴진하겠습니까? 아니면 하루라도 빨리 자진 사퇴 하며 여론이 잠잠해지길 기다리겠습니까."

"정말, 정말 그 방법밖에는 없는 것이오? 어떻게 올라온 자리

인데……."

"너무 늦었습니다."

최치우의 목소리에서 서릿발 같은 단호함이 느껴졌다.

사실은 박병준 장관도 알고 있었다.

강명원 국장의 폭로를 되돌릴 방법은 존재하지 않는다.

다만 지푸라기라도 잡는 심정으로 최치우를 찾아온 것뿐이다.

최치우는 망연자실 넋이 나간 박병준의 정신을 번쩍 들게 만들었다.

"장관님이 순순히 물러나지 않으면 제가 청와대와 싸울 수밖에 없습니다."

"아니 되오, 그것만은 아니 되오!"

박병준이 두 손을 내저었다.

환경부가 무리수를 둔 것은 순전히 유영조 대통령을 위해서였다.

박병준 장관의 능력은 보잘것없어도 대통령을 향한 충성심은 진짜였다.

최치우는 박병준의 눈을 똑바로 쳐다봤다.

어차피 환경부는 여론의 반발 때문에 초토화될 것이다.

그렇기에 더 이상 겁을 줄 필요도 없다.

최치우가 진심을 담아 말했다.

"저도 유영조 대통령님을 존경합니다. 그래서 청와대와 직접 싸우고 싶지 않습니다. 유경민 의원 때문에, 그리고 환경부 때문에 각을 세우게 됐지만… 청와대가 먼저 나서지 않으면 이쯤에서 마무리할 생각입니다.”

“그게… 정말이오?”

“제가 굳이 거짓말을 할 이유가 있습니까?”

박병준은 대답할 말이 없었다.

최치우는 승리자다.

유경민을 추락시켰고, 환경부를 통한 청와대의 반격도 완벽하게 되갚아줬다.

굳이 거짓말로 박병준과 청와대를 방심시킬 필요가 없는 것이다.

“알겠소. 내 그리할 테니 여기서 멈춰주시오.”

곧이어 박병준 장관이 목을 떨구며 말했다.

이것으로 환경부를 내세운 청와대와 올림푸스의 전쟁이 끝났다.

잠깐 수세에 몰렸던 최치우는 한판승으로 게임을 뒤집었다.

박병준 장관이 물러나고, 전기차 인증과 발전소 준공은 예정대로 진행될 것이다.

청와대도 최치우의 진심을 전해 듣고 경거망동하지 않을 가능성이 높다.

만약 계속해서 무리수를 두면 유영조 대통령도 위험해질지 모른다.

최치우는 자신의 실력을 보이며 대통령을 최대한 배려했다.

여기까지가 마지막 선이다.

이 선을 넘으면 유영조 대통령과도 건곤일척의 승부를 벌일 수밖에 없다.

“그럼 일어나겠소. 내가 최 대표한테 추태를… 보였소.”

“또 뵙겠습니다.”

최치우는 예의를 갖춰 박병준 장관을 배웅했다.

다시 혼자 남은 최치우는 씁쓸한 표정을 지었다.

왠지 모르게 입맛이 썼다.

패도(霸道)란 이렇게 외로운 것이다.

고독함을 견디며 가로막는 모든 것을 부수는 수밖에 없다.

약한 마음을 먹으면 최치우 혼자만 다치는 게 아니다.

그를 믿고 인생을 건 수많은 사람들이 함께 힘들어진다.

최치우는 현대에서 처음으로 혼자가 아닌 함께 싸우는 법을 배웠다.

그렇기에 오히려 더 독하고, 더 강해질 수 있었다.

오죽하면 인간적으로 존경하는 유영조 대통령을 상대로도 냉정하게 치명타를 날리겠는가.

그 누구도, 그 무엇도 소울 스톤 발전소와 제우스 S의 출시를 막을 수 없을 것 같았다.

* * *

TV 화면에서 입술이 바싹 마른 박병준 장관의 모습이 보였다.

기자회견을 위해 나온 그는 짤막하게 입장을 밝혔다.

—국민 여러분, 저는 오늘부로 환경부 장관이라는 무거운 자리에서 물러나겠습니다.

그 한 문장이 핵심이다.

나머지 입장은 전부 사족에 불과하다.

뉴스 프로그램의 진행자와 패널들은 다양한 의견을 쏟아내고 있었다.

그러나 박병준 장관이 자진 사퇴 한 이유는 하나밖에 없다.

압력을 행사해 올림푸스의 사업에 태클을 건 사실이 내부 폭로로 드러났기 때문이다.

결국 올림푸스가 환경부 장관을 날린 셈이다.

제우스 S 출시를 위한 전기차 인증은 3월 안에 통과될 것 같았다.

준공을 앞둔 소울 스톤 발전소의 실태 조사도 취소됐다.

적법한 절차대로 공사가 진행되고 있는데 굳이 실태 조사로 시간을 지연시킬 명분이 없었다.

국민들의 불같은 여론이 올림푸스를 떠받쳤다.

장관까지 물러난 마당이다.

동력을 상실한 환경부는 완전히 백기를 들었다.

우웅— 우우웅—

TV 뉴스에서 박병준 장관의 사퇴 기자회견이 끝나자 최치우의 폰이 울렸다.

확인할 수 없는 번호로 전화가 걸려왔다.

'혹시……?'

최치우는 기묘한 예감을 느끼고 전화를 받았다.

"여보세요."

—최 대표, 오랜만입니다.

"대통령님."

전화를 건 사람은 바로 유영조 대통령이었다.

수족 같은 박병준 장관이 사퇴하는 것을 지켜보고 최치우에게 전화를 한 것이다.

—박 장관을 통해 최 대표의 뜻은 잘 들었어요.

"그러셨군요."

—이것으로 사실상 정권 교체가 확정된 것이나 다름없게 되었지요.

유영조 대통령이 정권 교체를 인정했다.

유경민 의원이 구속됐고, 환경부 스캔들로 정부의 이미지도 심각한 손상을 입었다.

기적이 일어나지 않는 이상 전세를 역전하기 힘들다.

최치우는 본인 손으로 유영조 대통령의 여당 정권을 끝내 버렸다.

"내년에 찾아뵙고 차 한잔 올리겠습니다."

—그래요. 꼭 그럽시다, 우리.

"다시 뵐 때까지 건강하십시오."

—올림푸스의 건승을 빌지요. 최 대표가 내 사람은 아니지만 우리 대한민국의 아들이니까. 그리 생각하겠어요.

"감사합니다, 대통령님."

전화를 끊은 최치우는 묘한 표정을 지었다.

사실상 유영조 대통령이 항복 선언을 한 것이다.

정권 교체까지 인정했고, 최치우가 박병준 장관에게 전달한 조건을 받아들였다.

이만하면 더할 나위 없는 쾌거다.

그럼에도 불구하고 마냥 기분이 좋지는 않았다.

여전히 인간적으로 존경하는 유영조 대통령을 너무 완벽하게 꺾어버렸기 때문일까.

하지만 감상에 오래 빠져 있을 여유는 없다.

유영조 대통령의 당부처럼 최치우는 대한민국을 대표하는 신성(新星)으로 우뚝 섰다.

그가 흔들리면 대한민국 경제의 한 축이 흔들린다고 해도 과언이 아니었다.

"아직은 뒤를 돌아볼 때가 아니잖아. 앞만 보고 달리자."

최치우는 자기 자신을 다독이며 각오를 되새겼다.

올해는 유독 빠르게 흘러가고 있었다.

전기차 인증이 통과되면 곧장 실리콘밸리에서 제우스 S 양산을 시작하고, 대규모 공장을 추가로 인수할 계획이다.

뿐만 아니라 올림픽과 소울 스톤 발전소도 여름에 몰려 있다.

최대의 장애물을 산산조각 박살 내며 넘었으니 탄탄대로를 질주할 일만 남았다.

앞만 보기로 작정한 최치우는 주먹을 꽉 쥐었다.

남들이 따라올 수 없는 스피드로 달리며 양손 가득 수확을 할 계절이 도래한 것 같았다.

*　　　　*　　　　*

3월이 끝나기 전, 환경부에서는 퓨처 모터스의 전기차 제우스 S를 인증해 줬다.

이제 정식으로 제우스 S를 국내에서 판매할 수 있게 된 것이다.

미국 정부의 인증 역시 무난히 통과되고 있었고, 양산 계획도 차근차근 진행되는 중이다.

예정대로 7월이면 제우스 S의 세계 최초 물량 1,000대가 제주도에 풀리게 된다.

온라인 전시장으로 판매 방식을 확정한 퓨처 모터스는 4월부터 사전 예약을 시작한다.

전 세계에서 최초로 한국 소비자들이 제우스 S를 경험하게 된 것이다.

대한민국 국민들이 최치우를 좋아할 수밖에 없었다.

그동안 한국은 아이폰 등 최신형 제품이 출시될 때 2순위 국가로 밀려왔다.

실제로 아이폰을 빨리 사용하기 위해 미국이나 일본으로 여행을 가서 구매하는 사람도 적지 않았다.

국내 소비자 입장에서는 빈정이 상할 수밖에 없는 일이다.

그런데 제우스 S는 달랐다.

반대로 미국과 유럽, 일본의 소비자들이 한국을 부러워하고 있었다.

지금까지의 전기차와는 완전히 다른, 럭셔리 스포츠카 형태의 제우스 S를 하루라도 빨리 타보고 싶은 사람들이 넘쳐났다.

사실 수요만 따지면 미국과 유럽에서 훨씬 더 많이 팔릴 가능성이 높다.

그럼에도 불구하고 최치우는 제주도와 맺은 약속을 지켰다.

막상 제우스 S를 구입할 수 없는 사람들도 전 세계 최초 출시 국가가 대한민국이란 사실에 뿌듯함을 느꼈다.

"대표님, 반응이 아주 뜨거워요. 저희가 생각했던 것 이상이에요."

홍보팀장이 상기된 얼굴로 말했다.

그녀는 올림푸스가 한영그룹의 인력을 빌려서 쓸 때부터 함께 고생해 온 초창기 멤버다.

대리로 입사했지만 어느덧 올림푸스라는 글로벌 기업의 홍보팀을 이끄는 팀장이 됐다.

상당히 어린 나이에 막중한 권한과 책임을 지게 된 것이다.

최치우는 김지연 팀장을 바라보며 물었다.

"체감하는 반응 말고, 수치가 중요합니다."

"지난 일주일 동안 국내 포털 사이트와 소셜 미디어에서 제우스 S의 검색 빈도가 78% 증가했어요. 온라인 전시장 오픈 날짜와 사전 예약 날짜를 묻는 게시물도 26% 늘었습니다, 대표님."

최치우는 데이터를 중시했다.

그가 경험했던 다른 차원에 비해 현대의 지구가 가장 앞서는 부분이 바로 데이터다.

두루뭉술한 감이 아닌 정확한 숫자를 믿어야 비즈니스를 발전시킬 수 있다.

물론 결정적인 순간에는 직감을 믿고 도박을 해야 한다.

그러나 일상적인 영역에서는 데이터를 중시하는 회사가 오래 살아남는다.

최치우는 CEO로서의 능력도 점점 높아지고 있었다.

경영학과는 고사하고, 대학 학부도 졸업하지 않았지만 실전에서 깨달은 노하우가 더 무서운 법이다.

"환경부와 인증 싸움을 벌였던 게 홍보 효과를 일으킨 것 같군요."

"저도 그렇게 보고 있어요, 대표님. 환경부 덕분에 국민적 관심이 집중됐고, 수백억 원의 광고 효과를 유발한 것 같습니다."

김지연 팀장이 싹싹하게 대답했다.

최치우는 미소를 지을 수밖에 없었다.

처음 만났을 때 약간은 어리바리하던 그녀가 든든한 팀장이 된 것도, 환경부와의 싸움이 결과적으로 이익을 가져다준 것도 모두 만족스러웠다.

"보도 자료 준비는 끝났고, 청담동과 서귀포 체험관도 차질 없이 진행되고 있죠?"

"네!"

"좋아요. 내가 미국 출장 마치고 돌아오면 체험관부터 체크할게요."

최치우가 회의를 마무리 지었다.

제우스 S의 판매는 100% 온라인 전시장에서 이뤄진다.

하지만 신개념 전기차를 직접 체험할 수 있는 공간은 꼭 필요하다.

아직까지 전기차를 낯설게 생각하는 고객들과 접점을 늘려야 한다.

최치우는 제주도 서귀포와 서울 청담동에 체험관을 열기로 결정했다.

제주도는 퓨처 모터스와 MOU를 체결한 주요 지역이다.

게다가 서울의 부자들이 제주도 국제학교에서 아이들을 키우는 게 트렌드였다.

그렇기에 당연히 체험관을 열어야 했다.

서울 청담동은 대한민국의 트렌드를 이끄는 중심지다.

청담동에서 유행하기 시작하면 몇 개월 뒤 대한민국 전체에서 유행하게 된다.

상위 1% 부자들을 비롯해 트렌드에 민감한 셀럽들은 청담동에 새로 오픈하는 숍을 놓치지 않는다.

벌써부터 화제인 퓨처 모터스의 체험관이 들어서면 문전성시를 이룰 것이다.

최치우는 마치 알파고처럼 몇 수 앞을 내다보고 바둑을 두는 것 같았다.

시간이 지날수록 그의 수가 빛을 발하며 바둑판을 장악한다.

환경부와 대대적으로 전쟁을 벌인 것도 결국 신의 한 수가 됐다.

최치우를 건드리면 장관의 모가지도 날아간다는 것을 온 세상에 보여줬고, 동시에 제우스 S는 공짜로 수백억 원 가치의 광고를 한 셈이다.

인공지능 알파고가 바둑판을 씹어 먹은 것처럼 최치우는 비즈니스 세계를 씹어 먹을 태세였다.

그는 이번 미국 출장에서도 몇 수 앞을 내다본 신의 한 수를 보여줄 것이다.

겨울이 지나고 봄이 다가오며 올림푸스도 속도를 내기 시작했다.

당분간 시사 경제 뉴스에서 올림푸스와 퓨처 모터스 소식이 끊이지 않을 전망이었다.

*　　　*　　　*

"이제 4개월, 아니, 3개월 정도 남았군요."

"네, 정말… 이런 날이 오기도 하네요."

"기분이 어때요?"

최치우가 웃음기를 머금은 얼굴로 질문을 던졌다.

그의 옆자리에는 퓨처 모터스의 브라이언이 앉아 있었다.

샌프란시스코에 도착한 최치우는 반나절 동안 휴식을 취하고 브라이언과 함께 길을 나섰다.

리무진 뒷좌석에 나란히 앉은 브라이언은 떨리는 마음을 숨기지 않았다.

"3개월만 지나면 우리가 만든 첫 번째 전기차가 출시된다고 생각하니… 매일 밤 기분 좋은 꿈을 꾸느라 잠들기 힘들 정도입니다."

"푹 자야 되는데, 브라이언은 할 일이 많아서. 바쁠수록 건강부터 챙겨요."

"알겠습니다. 항상 감사합니다."

최치우는 진심으로 브라이언의 건강을 걱정했다.

퓨처 모터스를 상징하는 인물이 바로 브라이언 머스크다.

그가 진심으로 최치우를 인정하고 따르지 않았다면 지금처럼 완벽한 팀워크를 발휘하지 못했을 것이다.

만약 브라이언의 건강이 나빠져 일선에서 물러나게 되면 퓨처 모터스 주가도 폭락할지 모른다.

"브라이언의 건강에 10억 달러, 어쩌면 그 이상이 걸려 있다는 걸 잊지 마요."

"명심하겠습니다."

몸값이 1조 원 이상이라는데 기분 나빠할 사람은 아무도 없다.

브라이언도 어깨를 으쓱거리며 미소를 지었다.

회사를 넘기고 인수한 사람들이 이렇게 사이가 좋은 경우는 거의 없을 것이다.

최치우와 브라이언 둘 다 당장의 이익보다 훨씬 더 큰 목표를 바라보기에 가능한 일이었다.

"양산 일정은 무리 없겠죠?"

"네, 현재 공장에서 한 달에 1,000대 정도는 무난할 것 같습니다."

"캘리포니아 최고의 경호 에이전시를 고용하라고 했었는데, 계약은 끝났나요?"

"이틀 전에 사인을 했습니다. 다음 주부터 캘리포니아에서 제일 터프한 경호원들이 우리 공장을 지키게 됐습니다."

브라이언의 보고를 받은 최치우가 고개를 끄덕였다.

네오메이슨은 집요한 세력이다.

세계의 패권을 유지하기 위해 물불을 가리지 않는다.

하지만 최치우는 그들에게 연달아 어퍼컷을 날렸고, 덕분에 에릭 한센과 네오메이슨은 제법 잠잠해졌다.

그러나 어디서 또 무슨 일을 꾸미고 있을지 모른다.

다시 공장에 불을 지를 수도 있다.

유비무환(有備無患).

같은 수법에 또 당해줄 수는 없다.

한 번 속는 것은 속인 놈 잘못이지만, 두 번 속으면 그때부터는 속은 사람 잘못이 된다.

최치우는 캘리포니아 최고의 경호 에이전시만으로 안심하지 못했다.

"조만간 남아공에서 몇 명이 올 겁니다."

"네?"

"비장의 카드가 있습니다. 경호원들을 통솔하고, 누가 쳐들어와도 우리 공장을 지킬 수 있는 사람이죠."

"하지만… 경호원들이 생판 모르는 사람의 말을 들으려 할까요?"

"걱정할 필요 없어요, 브라이언. 내가 부른 사람은 경호원보다 몇 배는 더 거친 아프리카 용병들을 휘어잡았으니까."

최치우의 입꼬리가 올라갔다.

그는 남아공에서 리키와 헤라클레스 대원 몇 명을 부를 작정이었다.

많이 부를 필요도 없다.

10명 안팎이면 충분하다.

일단 리키 혼자서 웬만한 침투 부대는 박살을 낼 수 있다.

200명 넘게 늘어난 헤라클레스는 아프리카 남부의 새로운 전설로 떠오르고 있었다.

레드 엑스를 섬멸시킨 이후 게릴라 반군 집단은 감히 올림푸스의 광산을 노릴 엄두를 못 냈다.

올림푸스를 건드리면 헤라클레스가 출동한다.

헤라클레스는 한번 출동하면 말이 안 통하는 무장 단체다.

무조건 섬멸과 몰살만을 목표로 한다.

무법천지 아프리카에서 헤라클레스는 순식간에 가장 공포스러운 존재로 각인됐다.

그런 헤라클레스를 이끄는 리키가 퓨처 모터스 공장을 지키면 걱정할 게 없다.

'첫 번째 물량 1,000대를 생산할 때까지만 리키를 실리콘밸리에 묶어두면 되겠어.'

최치우의 머릿속에서 복잡한 퍼즐이 맞춰지고 있었다.

하나하나 따로 떼놓고 생각하면 어려운 문제투성이다.

그러나 최치우의 인적 네트워크는 한국, 미국, 남아공 등 전 세계에 퍼져 있다.

미국에서만 해결하기 어려운 문제는 남아공의 힘을 빌리고, 남아공 본부의 문제는 한국에서 도와주면 된다.

앞으로 퓨처 모터스가 유럽 등 새로운 지역에 진출하게 되면 네트워크는 더욱 광범위해질 것이다.

그야말로 최치우의 손바닥 위에 전 세계를 올려놓고 게임을 즐기면 된다.

끼이이익—

그때 리무진이 멈춰 섰다.

육중한 차체인 만큼 브레이크를 밟는 소리도 꽤 크게 들렸다.

최치우는 운전기사가 문을 열어주길 기다리지 않았다.

쓸데없는 허례허식을 즐기지 않는다는 점에서 최치우는 실리콘밸리 스타일과 잘 맞았다.

차에서 내린 두 사람의 눈앞에 엄청난 크기의 공장 건물이 보였다.

"내가 여기를 다 와보게 되다니……."

브라이언이 입을 벌리고 탄성을 흘렸다.

최치우도 남다른 감회를 느꼈다.

두 사람은 세계 최대 규모의 자동차 회사인 GM의 공장을 찾아왔다.

단순히 견학을 하러 나온 게 아니다.

GM이 내놓은 공장을 인수하려고 온 것이다.

세계 경기가 어려워지면서 GM의 실적도 나날이 악화되고 있었다.

한때 GM은 세계를 호령하며 미국의 경제 부흥을 이끌었던 주역이다.

그러나 가격 경쟁력에서는 일본 차와 한국 차에 밀리고, 럭셔리에서는 독일 차에 밀렸다.

전기차 기술에 대한 투자도 소홀히 했기에 미래 전망도 밝지 않았다.

여전히 판매 대수로는 세계 1위를 지키고 있지만, 지금의 GM은 덩치만 큰 늙은 호랑이다.

누구도 무서워하지 않는, 언제 쓰러질지 노호(老虎)가 GM이다.

최치우와 브라이언은 흔들리는 GM의 이빨 하나를 뽑으러 왔다.

GM은 당장의 실적 개선을 위해 샌프란시스코 인근의 공장을 내놓았다.

샌프란시스코와 LA가 있는 캘리포니아주 인건비는 미국에서 가장 높다.

가뜩이나 어려운 GM이 굳이 공장을 유지할 필요가 없는 동네다.

인건비가 저렴하고, 미국 정부에서 대대적인 투자를 감행하는 디트로이트 등 중부 지역 공장에 집중하는 편이 낫다.

하지만 퓨처 모터스는 실리콘밸리와 가까운 곳에 공장이 필요했다.

대량 생산 설비를 갖춘 GM의 공장을 인수하게 되면 서로 윈윈(Win–Win)이다.

더구나 신생 전기차 회사인 퓨처 모터스가 GM의 공장을 샀다는 상징적인 의미도 적지 않다.

시대의 변화를 한눈에 보여주는 증거가 되는 것이다.

공장을 인수했다는 뉴스가 터지면 퓨처 모터스의 주가는 또다시 무섭게 오를 것 같았다.

관건은 가격과 직원 인수인계다.

현재 공장에서 일하고 있는 GM의 생산 직원들을 어떻게 할지, 그리고 적정 가격으로 얼마를 제시할지는 골치 아픈 문제였다.

최치우는 공장을 시찰하며 GM 직원들의 불안한 표정을 눈여겨봤다.

GM은 강도 높은 구조 조정을 실시하고 있다.

공장이 매각되면 직원들 또한 일자리를 잃을 가능성이 높다.

생산직 직원들도 최치우가 누구인지, 브라이언이 누구인지 다 알고 있다.

두 사람은 미국에서도 유명 인사다.

만약 두 명이 공장을 사기로 결정하면 다들 생계가 막막해질지 모른다.

"브라이언."

최치우가 브라이언에게 귓속말을 했다.

남들이 듣지 못하게 중요한 말을 전하려는 것이다.

"네."

"여기 직원들을 다 고용합시다."

"네?"

브라이언이 눈을 크게 떴다.

그렇게 되면 인건비 지출이 어마어마하게 늘게 된다.

최치우는 브라이언이 놀랄 거라 예상했다.

그러나 결코 순간의 감정만으로 결정을 내린 게 아니었다.

"고용을 승계하는 조건으로 공장 가격을 낮추면 됩니다. 그리고 무엇보다……."

"무엇보다?"

"퓨처 모터스는 희망을 주는 회사여야 합니다. 그래야 사람들이 일반 자동차에서 전기차로 변화하는 흐름을 거부감 없이 받아들이게 될 겁니다."

최치우는 몇 수 앞을 내다보며 큰 그림을 그리고 있었다.

브라이언도 뒤늦게 이해를 한 듯 감탄하며 고개를 끄덕거렸다.

최치우는 한국에 이어 미국에서도 국민들의 열광적 지지를 받는 슈퍼스타가 될 것 같았다.

# 3장

## 여름을 향해

퓨처 모터스가 GM의 공장을 인수한다.

공장 인수와 함께 생산직 직원들의 고용도 승계하는 조건으로 계약서에 도장을 찍었다.

이 소식이 알려지는 데 그리 오랜 시간이 걸리지 않았다.

샌프란시스코에서 퍼져 나간 뉴스는 하루 만에 미국 전역을 강타했다.

첫 번째 차량 출시를 앞둔 전기차 회사가 세계 최대 규모의 자동차 회사 공장을 인수했다는 것은 보통 일이 아니다.

산업의 판도가 달라지고 있음을 증명하는 사건이다.

GM뿐 아니라 메르세데스-벤츠, BMW, 폭스바겐그룹 등 수많은 자동차 회사들이 촉각을 곤두세웠다.

전기차 시대를 대비하지 못하면 그들도 공장을 넘겨야 할지 모른다.

하지만 일반적인 사람들은 다른 소식에 더 관심을 기울였다.

바로 퓨처 모터스가 GM의 공장 직원들까지 받아들였다는 뉴스다.

미국 국민들은 실직이라는 단어에 유독 민감하다.

국제 경기가 불황에 접어들었을 때, 수많은 기업과 공장이 미국을 등지고 외국으로 탈출했다.

특히 자동차 등 제조업의 몰락이 치명적이었다.

늘어나는 불법 이민과 외국인 노동자, 폐업을 하거나 해외로 이전하는 공장, 직장을 잃고 방황하는 가장들.

세계를 이끄는 초강대국 미국의 이면에는 어두운 그림자가 자리잡고 있었다.

실리콘밸리의 혁신적인 기업들도 미국 중부, 남부의 국민들에게는 지지를 받지 못했다.

기술 혁신이 일자리 창출로 이어지지 않고, 오히려 전통적 기업을 붕괴시켜 직장을 빼앗는다고 생각하기 때문이다.

그런데 퓨처 모터스가 반전의 감동을 선사한 것이다.

특히 대승적 결단을 내린 장본인은 한국인 CEO 최치우로 알려졌다.

미국 언론은 예상 밖의 선택을 내린 최치우를 취재하기 위해 불나방처럼 달려들었다.

실리콘밸리의 퓨처 모터스 본사 입구에 CNN, FOX NEWS 등 미국 방송국 카메라가 장사진을 이루는 진풍경이 연출됐다.

"왜 GM 공장의 직원들까지 승계하기로 결정하셨습니까?"

"그들은 숙련된 기술자이기 때문입니다. GM에서 평생 차를 만든 노하우가 우리에게 도움이 될 거라 생각했습니다."

최치우는 카메라 앞에서 주눅이 들지 않았다.

언론의 뜨거운 관심은 한국에서 이미 여러 번 체험하며 적응을 마쳤다.

그는 산발적으로 쏟아지는 질문을 능숙하게 받아쳤다.

CEO가 아닌 할리우드 스타처럼 여유로운 최치우의 모습에 카메라 감독들이 혀를 내둘렀다.

"실리콘밸리 기업들은 주로 중국이나 남미 같은 3세계에 공장을 짓습니다. 그런데 퓨처 모터스가 미국 내 공장을 인수한 특별한 이유가 있나요?"

"미국은 오랜 기간 자동차 산업의 중심지였습니다. 독일과 일본에 주도권을 내줬지만, 전기차 시대는 미국에게 새로운 기회가 될 겁니다. 전통적 노하우를 바탕으로 새로운 기술을 펼치는 게 퓨처 모터스의 철학입니다."

마치 준비한 것처럼 완벽한 대답이었다.

최치우는 지적할 구석이 없는 영어로 방송을 지켜보는 미국 국민들을 사로잡았다.

단순히 영어만 잘한다고 가능한 일은 아니다.

그의 한마디, 한마디는 실리콘밸리를 얄밉게 바라보던 미국인들의 마음도 녹여 버렸다.

최치우는 어떤 정치인도 제시하지 못한 희망의 메시지를 던졌다.

전기차 시대가 오면 미국이 다시 한번 자동차 산업의 중심지로 도약할 수 있다는 것이다.

사실 복잡한 계산이 깔려 있는 말이기도 했다.

중국과 함께 미국은 자동차 브랜드의 격전지로 꼽힌다.

미국 시장에서 잘 팔리는 자동차는 세계 시장에서도 잘 팔린다.

최치우의 발언으로 퓨처 모터스 이미지가 좋아지면 향후 미국에서 제우스 시리즈를 판매하는 데 엄청난 도움이 될 것이다.

"마지막으로 한 가지만 더 묻고 싶습니다. 여름에 열릴 올림픽에 국가 대표로 출전하시는데요, 어떤 성적을 기대하고 있습니까?"

취재 주제와는 상관이 없지만 올림픽 질문이 나왔다.

그만큼 최치우가 100m 달리기 국가 대표로 출전하는 게 세계적인 화제였다.

최치우는 카메라를 바라보며 씨익 웃었다.

"금메달. 다른 건 관심 없습니다."

"오오오—!"

순간 기자들이 저도 모르게 탄성을 터뜨렸다.

너무 당당하게 금메달을 말하는 최치우의 태도는 확실히 미국 스타일이었다.

겸손하고 내성적인 보통의 동양인들과는 다른 면모다.

"그럼 회의가 있어서 이만. 다음에 또 봐요."

최치우는 가볍게 손을 흔들고 퓨처 모터스 사옥으로 들어갔다.

여러 대의 카메라는 끝까지 그의 뒷모습을 촬영했다.

방금 인터뷰는 주요 방송사들을 통해 미국 대륙 전역에 생중계됐다.

반응은 가히 폭발적이었다.

최치우 이름 세 글자가 인스타그램과 트위터 검색 순위 1위를 잡아먹었다.

퓨처 모터스와 제우스 S도 연관 검색어로 상위권에 노출됐다.

최치우는 고작 몇 분의 인터뷰로 미국 국민들에게 자신을 확실히 각인시켰다.

뿐만 아니라 어마어마한 광고 효과를 일으키며 퓨처 모터스 이미지를 끌어 올렸다.

요즘 말로 혼자서 하드 캐리를 한 것이다.

"수고하셨습니다."

퓨처 모터스 사옥 안에서는 브라이언이 최치우를 기다리고 있었다.

하이파이브를 한 두 사람은 서로를 쳐다보며 웃었다.

"대표님 인터뷰가 지금 난리입니다. 만약 제가 카메라 앞에 섰다면 얼어붙어서 말을 더듬었을 것 같아요."

브라이언이 엄지를 치켜세웠다.

천재 과학자인 그는 카메라 울렁증이 있다.

새삼 최치우에게 CEO 자리를 넘긴 게 다행 같았다.

최치우는 퓨처 모터스의 얼굴 역할을 200% 수행하고 있었다.

사실 GM의 공장 직원들을 받아들이자는 결정도 최치우가 내린 것이다.

브라이언은 우려를 표했지만, 결과적으로 엄청나게 잘한 결정이었다.

고용 승계를 보장받은 GM 직원들은 환호성을 지르며 열정적으로 일을 배우기 시작했다.

워낙 숙련된 베테랑 직원들이라 전기차 특성도 금방 이해할 것 같았다.

"GM 공장의 생산 목표는 월 10,000대로 잡고, 언론에도 그렇게 발표합시다."

최치우는 브라이언과 나란히 걸으며 며칠 동안 고민한 내용을 알려줬다.

"대표님, 원래 그 공장에서는 월 50,000대 이상도 양산이 가능합니다."

"나중에는 우리도 그 레벨까지 가야죠. 하지만 당장은 아닙니다. 10,000대도 충분한 물량이에요. 잔고장 없고 깔끔한 마감으로 제우스 S를 생산하는 게 우선입니다."

"알겠습니다."

브라이언은 최치우의 결정을 받아들였다.

그는 리더십을 확실하게 존중하는 사람이었다.

간혹 생각이 달라도 최치우가 결정하면 일단 따르고 본다.

회사를 최치우에게 맡긴 이상 믿고 따라가는 게 정답이라 생각했다.

실제로 최치우의 결정은 퓨처 모터스의 고공비행을 이끌고 있었다.

“1년에 120,000대만 꾸준히 생산하면… 생각보다 빨리 제우스 S의 후속 모델도 출시할 수 있을 겁니다.”

최치우가 눈을 찡긋거리며 말했다.

브라이언은 두근거리는 심장을 진정시키며 고개를 끄덕였다.

“대표님만 믿고 달리겠습니다.”

“나도 달려야 되는데. 올림픽 트랙에서.”

“진짜 금메달 따실 생각이세요?”

“남자가 한 입으로 두말하면 못 쓰죠.”

최치우가 짙은 미소를 지었다.

그는 미국 전역에 중계되는 뉴스 카메라 앞에서 금메달을 따겠다고 선언했다.

지켜야 할 약속이 많지만, 하나도 놓치지 않을 것이다.

역사적인 계절로 기록될 올해 여름이 다가오고 있었다.

*　　　*　　　*

한국으로 돌아온 최치우는 국가 대표 소집에 응했다.

그는 선수촌에 상주하며 올림픽을 준비하지 않는다.

압도적인 한국 신기록을 세웠기 때문에 일종의 특혜를 받는 셈이다.

대신 올림픽이 열리기 전까지 주기적으로 소집에 응하기로 했다.

국가 대표 소집에서는 기록을 점검하고, 코치들과 의견을 교환한다.

사실 최치우 입장에서는 요식행위에 불과하다.

마음만 먹으면 인간의 한계를 훌쩍 초월하고도 남는데 기록 점검이 무슨 의미가 있겠는가.

이상태 감독도 최치우에게 딱히 조언을 하는 게 없었다.

기본적인 육상 자세를 가르쳐 주고 손을 놓았다.

최치우는 국가 대표 감독조차 터치할 수 없는 괴물이기 때문이다.

그럼에도 최치우는 국가 대표 소집에 성실히 참가했다.

국민들, 그리고 다른 선수들의 시선을 고려할 필요가 있었다.

바쁜 와중에도 정기적으로 선수촌에 들러 훈련을 받아야 알리바이가 쌓인다.

아무 훈련도 안 하고 갑자기 올림픽에서 금메달을 따면 모두 이상하게 생각할 것이다.

이미 최치우는 온갖 의심스러운 시선을 받고 있다.

수차례 도핑테스트를 받았지만, 여전히 그가 확인되지 않은 신기술을 쓴다고 음모론을 펼치는 사람들이 적지 않았다.

괜한 의심을 피하기 위해서라도 종종 선수촌에 들러 훈련 기록을 남기는 게 낫다.

덕분에 다른 육상 선수들과도 어울릴 수 있었다.

처음에는 다들 최치우를 경계하고 어렵게 생각했다.

운동선수 출신이 아닌, 세계적인 기업의 CEO라는 신분이 장벽이 됐다.

최치우가 깨뜨린 한국 신기록과 9초의 벽도 너무 높아 보였다.

국가 대표 육상 선수들이 박탈감을 느끼는 게 당연했다.

하지만 최치우는 먼저 다가가 말을 걸었다.

어색해하는 선수들에게 음료수를 건넸고, 사소한 이야기를 나누며 마음의 벽을 허물기 위해 노력했다.

사실 최치우가 굳이 다른 선수들과 친하게 지낼 이유는 없다.

어차피 오래 볼 사이도 아니다.

태극마크를 달고 올림픽에 나가는 게 육상 선수 최치우의 마지막 여정이다.

그럼에도 자신을 낮추며 스스럼없이 선수들에게 다가선 것은 고마움과 미안함을 느꼈기 때문이다.

대한민국을 대표한다는 자부심으로 1년 내내 구슬땀을 흘리는 선수들에 대한 고마움, 그리고 무공이라는 능력으로 국가 대표 자리를 차지한 미안함.

물론 최치우 덕분에 육상은 비인기 종목에서 국민들의 뜨거운 사랑을 받는 관심 종목으로 거듭났다.

올림푸스에서 국내 육상 인프라를 위해 대대적인 투자도 지속하고 있었다.

그렇다고 해도 고마운 것은 고마운 것이고, 또 미안한 것은 미안한 것이다.

"컨디션은 좀 어때요?"

"날이 아직 덜 풀려서……. 따뜻해질수록 기록은 단축되고 있습니다."

최치우와 함께 100m 달리기에 출전하게 된 우성용 선수가 머리를 긁적이며 대답했다.

생각했던 것보다 페이스가 좋지 않았다.

최치우는 그의 어깨를 두드려 줬다.

"힘을 살짝만 빼도 좋을 것 같은데."

"네?"

우성용이 눈을 크게 떴다.

최치우는 모든 육상 이론을 파괴한 괴물이다.

이상태 감독도 최치우를 상전 모시듯 조심스럽게 대한다.

그런 사람이 조언을 해주는 것이다.

난생처음으로 국가 대표 마크를 단 우성용은 귀가 쫑긋해질 수밖에 없었다.

"성용 씨, 달릴 때 무게중심이 약간 왼쪽으로 치우쳐 있어요.

본인은 모르겠지만."

"정말요? 비디오로 분석해 봐도 감독님이나 코치님이 딱히 말씀은 안 하셔서……."

"의식적으로 왼발을 내디딜 때 힘을 조금 덜 쓸 수 있겠어요? 그렇게 몇 번만 해보고 기록이 똑같으면 내 말은 잊어버리고, 만약 조금 나아지는 거 같으면 다시 찾아와요."

최치우는 우성용에게 결정적인 팁을 줬다.

같이 100m 달리기에 출전하지만 둘은 라이벌이 아니다.

9초 98의 기록을 세운 최치우가 올림픽 메달을 노린다면, 우성용은 장차 한국 육상을 이끌기 위해 무럭무럭 자라야 할 루키다.

최치우는 가능한 우성용에게 많은 도움을 주고 싶었다.

그래야 한국 육상이 최치우 이후로도 무시받지 않고, 계속해서 발전할 수 있을 것이다.

우성용은 고개를 갸웃거리며 빈 트랙으로 걸어갔다.

곧이어 우성용이 코치를 세워두고 열심히 달렸다.

최치우가 말해준 방법대로 뛰어보는 것이다.

'훨씬 낫다.'

그 모습을 지켜보던 최치우는 조용히 고개를 끄덕였다.

아주 미세한 차이지만, 실전에서는 그 차이가 순위를 바꾼다.

1차 예선에서 탈락할지 모르는 우성용을 준결승이나 결승으로 이끌어줄 수도 있는 것이다.

"우와앗—!"

달리기를 마치고, 기록을 확인한 우성용이 소리를 질렀다.

다들 의아한 눈빛으로 우성용을 쳐다봤다.

최치우는 그가 왜 소리를 질렀는지 알고 있었다.

무게중심을 바로잡아 기록이 나아졌기 때문이다.

'보법의 원리를 적용하면 내공 없이도 기록을 향상시킬 수 있어.'

모든 운동의 기본은 균형이다.

올바른 무게중심으로 균형만 잘 잡으면 절반은 성공한 것이나 다름없다.

최치우는 무림에서 배운 보법의 원리를 달리기에 적용시켰다.

자신처럼 무지막지한 근력을 폭발시킬 수 없는 보통 선수도 충분히 응용 가능한 원리였다.

"최 대표님! 아니, 최 선수님! 아니, 아니, 형님!"

우성용이 연달아 호칭을 고치며 최치우에게 달려왔다.

20대 초반의 앳된 얼굴 가득 흥분과 기대감이 떠올라 있었다.

"형님이 가르쳐 준 대로 뛰었더니 0.2초나 단축했어요. 코치님도 완전 놀라시고!"

"나랑 운동할 때마다 하나씩 가르쳐 줄게요. 올림픽에서 같이 멋진 모습 보여줍시다."

"네, 형님!"

우성용이 90도로 꾸벅 허리를 숙였다.

최치우는 미소를 지으며 순수하고 열정 넘치는 그를 쳐다봤다.

성큼 다가온 올림픽이 기다려졌다.

*　　　　*　　　　*

대부분의 국가 대표 선수들은 올림픽을 앞두고 선수촌에서 24시간을 보낸다.

축구 같은 단체 구기종목 정도가 예외일 뿐, 최치우처럼 자유롭게 활동하는 경우는 아예 없다.

그렇기에 종목이 달라도 서로 친해지기 쉽다.

매일 선수촌을 오가며 얼굴을 익히고, 말이라도 한두 마디 주고받다 보면 가까워지는 게 정상이다.

특히 운동선수들은 어린 시절부터 선후배 관계로 연결돼 있다.

종목이 달라도 같은 학교 선후배를 따지면 거의 아는 사이다.

그래서일까.

국가 대표들만 모인 선수촌 내부에서는 은밀한 소문이 빠르게 퍼질 때도 있다.

예를 들면 유도 선수 A와 여자 체조 선수 B가 비밀 연애를 한다더라, 레슬링 선수 C는 엄청난 금수저라서 코치들이 쩔쩔

맨다더라 등등.

선수촌도 사람 사는 곳이니 온갖 소문이 나돌 수밖에 없었다.

그런데 최근 선수촌을 떠들썩하게 만든 화제의 소문은 무척 독특했다.

선수 사생활이나 스포츠계의 정치와 관련된 소문이 아니었다.

가장 흔한 종류의 소문인 협회나 연맹 임원들 뒷얘기도 아니다.

소문의 주인공은 바로 최치우였다.

'100m 달리기 국가 대표 최치우에게 찾아가면 엄청난 팁을 얻을 수 있다.'

거기에 획기적인 기록 단축이 가능하다는 말까지 알음알음 퍼지는 추세였다.

물론 믿기 힘든 소문이다.

선수촌에 모인 국가 대표는 평생 자기 종목에서 두각을 나타낸 천재들이다.

심지어 지난 올림픽에서 메달을 딴 선수들도 적지 않다.

메달리스트에게는 감독이나 코치도 함부로 조언을 하지 못한다.

자칫 선수의 페이스를 깨뜨리면 슬럼프에 빠질 수 있기 때문이다.

최치우와 관련된 소문을 처음 들은 선수들은 코웃음을 쳤다.

올림푸스 CEO이면서 한국 신기록을 경신한 게 대단하기는 했다.

그러나 다른 종목 선수들에게 팁을 줄 수 있다는 건 도무지 믿기 어려웠다.

하지만 소문은 점점 더 많은 에피소드와 함께 신빙성을 얻었다.

발단은 우성용이었다.

최치우와 함께 100m 달리기 및 200m, 400m 등 중단거리에 출전하는 우성용은 육상 기대주다.

이번이 첫 올림픽 출전이지만, 한국 육상계의 차세대 간판이 될 재목이었다.

그 우성용이 틈만 나면 최치우 칭찬을 해댔다.

최치우가 코치들도 못 보는 0.2% 빈틈을 찾아내 조언을 해 준다는 것이다.

최정상 선수들의 세계에서는 0.01%가 메달 색깔을 바꾼다.

아주 사소한 단점이라도 당장 고칠 수 있다면 영혼을 팔 선수들이 수두룩하다.

실제로 우성용은 지난 연말 대비 기록이 부쩍 상승하고 있었다.

공교롭게도 최치우와 친하게 지낸 후부터 본인 신기록을 경신했다.

우성용만 소문을 퍼뜨린 게 아니었다.

두 번째, 세 번째 증인들이 소문에 힘을 실었다.

콧대 높은 유도 선수 마형석이 최치우 덕을 봤다고 인정했다.

지난 올림픽에서 은메달을 딴 마형석은 유도팀의 주장이다.

워낙 자존심이 센 걸로 유명해 선수촌 안에서도 친하게 지내는 사람이 몇 없다.

그런 마형석이 인정할 정도면 소문을 믿을 수밖에 없을 것 같았다.

레슬링 세계 랭킹 1위지만, 지난 올림픽에서 충격의 예선 탈락을 당한 심지호도 어느새 최치우 찬가를 부르고 있었다.

마형석처럼 레슬링팀 주장인 그는 아예 후배들을 우르르 데리고 최치우를 찾아갔다.

국가 대표 레슬링팀 전원이 금쪽같은 자유시간에 굳이 최치우를 만나 조언을 들은 것이다.

소문을 들은 코치들은 불쾌감을 느꼈다.

그럴 수밖에 없다.

유명 CEO인 최치우가 갑자기 100m 기록을 세우고 나타난 것도 황당한데 자기 선수들에게 조언까지 하다니, 그냥 두고 볼 수 없는 일이다.

그렇지만 어느 코치도 최치우에게 따지지 못했다.

최치우의 사회적 지위 때문은 아니다.

조언을 받고 돌아온 선수들의 기량이 눈에 띄게 향상됐기 때문이다.

우성용의 기록 단축은 말할 것도 없다.

마형석은 누르기에서 쉽게 탈출하지 못하는 고질적인 약점을 극복했다.

지난 4년 내내 코치들이 달라붙어도 해결하지 못한 숙제였다.

올림픽에서 다른 나라 선수들은 마형석만 보면 누르기를 걸려고 달려들 것이다.

그러나 약점을 극복한 마형석은 금메달을 딸 확률이 매우 높아졌다.

심지호도 마찬가지다.

세계 랭킹 1위를 지키고 있는 심지호의 약점은 멘탈이다.

지난 올림픽 예선 탈락의 트라우마가 너무 컸던 것일까.

올림픽이 다가올수록 심지호의 멘탈이 흔들렸고, 기량도 나날이 나빠졌다.

그런데 최치우에게 무슨 이야기를 들었는지 몰라볼 정도로 인상이 밝아졌다.

심지호는 올림픽 부담감을 떨쳐낸 듯 긍정적인 기운을 되찾았고, 연습 경기에서 원래 실력을 보이며 코치진을 안심시켰다.

상황이 이렇게 되다 보니 유도 코치와 레슬링 코치도 혀를 내둘렀다.

마음 같아선 코치들도 최치우에게 찾아가 비법을 전수받고 싶었다.

선수촌을 휩쓴 소문은 암암리에 기정사실처럼 여겨지기 시작했다.

최치우가 이따금 선수촌에 방문할 때마다 치열한 눈치 싸움이 벌어졌다.

그에게 다가가 조언을 구할지 말지 고민하는 선수들로 줄을 세워도 될 것 같았다.

최치우는 국가 대표들이 모인 선수촌에서도 자연스레 태풍의 눈이 됐다.

그의 주위에 있으면 어떻게든 이득을 본다.

외부에 드러나지 않은 비밀이지만, 선수촌 내부에서는 최치우 신드롬이 불고 있었다.

한 계절 앞으로 다가온 올림픽에서 대한민국의 선전이 예사롭지 않을 것 같았다.

* * *

최치우는 오랜만에 선수촌에 들어섰다.

이제 올림픽이 3개월 앞으로 다가왔다.

그렇기에 예전보다는 훨씬 자주 선수촌을 찾고 있다.

그래도 1달에 1번, 많으면 2번이다.

그는 입촌하고 곧바로 옷을 갈아입었다.

선수촌에 상주하지 않지만 라커 룸을 비롯해 개인 시설은 모두 갖춰져 있다.

최치우는 한국 육상 최초로 단거리 달리기 메달이 유력한 후보다.

잠깐씩 들릴 때마다 불편한 점이 없도록 특별 대우를 받는 게 당연했다.

보통 체육 협회나 연맹은 무능하고 권위적인 것으로 악명이 높다.

특히 동계 체육 종목인 빙상연맹의 무능은 세계적으로도 널리 알려져 있다.

하지만 대한육상협회는 조금 달랐다.

최치우는 단순한 선수가 아니다.

메달리스트 후보인 동시에 육상협회의 주요 스폰서다.

올림푸스의 후원으로 다른 육상 선수들이 과거와 다른 혜택을 받으며 운동에 집중하게 됐다.

게다가 육상을 향한 국민적 관심도 최고조에 이르렀다.

협회에서 노심초사 최치우와 육상팀을 위해 최선을 다할 수밖에 없었다.

"형님! 오셨어요?"

제법 친해진 우성용이 최치우를 보고 꾸벅 허리를 숙였다.

최치우 덕분에 나날이 발전하고 있는 우성용은 고된 훈련에도 싱글벙글이다.

기록이 좋아지며 선수 생활 전성기를 갱신하고 있으니 저절로 웃음이 나는 것이다.

최치우는 우성용의 어깨를 툭 치며 대답했다.

"너 입이 좀 싸더라?"

"네?"

"네가 소문내서 다른 선수들이 자꾸 찾아오잖아. 내가 선수촌 들어올 때마다."

"아……. 죄송해요, 형님. 안 그래도 바깥일도 많고 머리 아프실 텐데."

우성용이 머리를 긁적거리며 사과했다.

장난삼아 농담을 건넨 최치우는 웃음을 터뜨리며 고개를 저었다.

"하하하! 아냐, 성용아. 얼굴 풀어. 그냥 해본 말이니까."

"정말이세요?"

"그럼. 내가 다른 선수들한테 도움을 줄 수 있어서 뿌듯하다."

최치우는 진심이었다.

약간 귀찮긴 해도 보람이 더 컸다.

유도 선수 마형석과 레슬링 선수 심지호는 최치우의 조언을 듣고 올림픽 금메달 확률이 높아졌다.

결과적으로 최치우는 혼자만 메달을 따고 마는 게 아닌, 대한민국 국가 대표 전체의 전력을 끌어 올리고 있었다.

"그래서 말인데요, 형님."

우성용이 우물쭈물거렸다.

뭔가 중요하게 할 말이 있는 눈치였다.

최치우는 스트레칭을 하며 그를 쳐다봤다.

"무슨 부탁이야? 얼른 말해봐."

"역시 형님은 딱 보면 다 아시나 봐요."

"얼굴에 다 써 있다. 어려운 부탁하겠습니다, 라고."

"제 중학교 선배 중에 박지한이라고 있는데요……."

"알지, 박지한 선수."

대한민국 국민이라면 박지한을 모를 수 없다.

4년 전 올림픽에서 아시아 최초로 남자 수영 금메달을 딴 선수가 박지한이다.

이후 박지한은 TV 광고를 찍고, 연예인과 열애설이 터지는 등 국민 영웅의 지위를 마음껏 즐겼다.

그러나 세계 선수권 대회부터 기량이 급격히 떨어지며 순위권 밖으로 밀려났다.

대한민국 국가 대표로는 손색이 없지만, 길쭉한 서양 선수들과 메달을 다툴 레벨에서는 한참 멀어진 것이다.

국민들의 관심도 싸늘하게 식었고, 자잘한 스캔들까지 박지한을 괴롭혔다.

결국 그는 이번 올림픽을 끝으로 은퇴를 선언했다.

선수 생활을 정리하는 올림픽이지만 전망은 그리 밝지 않았다.

지난 3년 내내 세계 선수권 기록이 나빴기 때문이다.

올림픽 금메달을 땄던 4년 전 전성기와는 비교도 할 수 없을 지경이었다.

아직 젊은 나이에도 불구하고 박지한은 왕년의 국민 영웅으로 쓸쓸히 잊힐 위기에 처했다.

"박지한 선배가 형님을 꼭 한 번 만나고 싶다고 해서요."

"수영이라, 수영……."

"부담스러우시면 어렵다고 전할까요?"

우성용은 최치우가 죽으라면 죽는 시늉이라도 할 것 같았다.

몇 번의 조언과 훈련을 통해 최치우를 100% 신뢰하게 된 것이다.

최치우는 우성용의 눈을 마주 보고 물었다.

"인성은 어때? 듣기로는 금메달 따고 완전 거만해져서 사람들이 다 떠났다던데."

"사실 그때는 좀 그랬어요. 하지만 1년 전부터는 진짜 마음 잡고 열심히 하는데… 실력이 돌아오지 않아서 많이 힘든가 봐요. 얼마 전 둘이서 이야기하는데 후회 없이 은퇴하고 싶다고 눈물을 보여서요. 그 선배가 누구 앞에서 약한 모습 보인 것도 처음이고……."

그동안 박지한이 어떤 과정을 겪었는지 머릿속에 그려졌다.

천부적인 재능으로 금메달을 땄지만, 갑자기 주어진 인기에 취해 망가졌을 것이다.

다시 돌이키려 정신을 차렸을 때는 너무 늦었다.

한번 망가진 페이스는 쉽게 회복되지 않는다.

원래 인생이 그런 것이다.

뒤늦게 잘못을 깨달아도, 후회해도 늦은 경우가 더 많다.

'하지만 나를 만나면 늦은 후회도 바꿀 수 있어.'

최치우는 박지한을 만나기로 결정했다.

그래도 한때는 온 국민들에게 희망을 줬던 영웅이다.

그의 마지막 올림픽이 빛날 수 있도록 도와주고 싶었다.

단순히 남을 돕는 데서 끝나는 게 아니다.

올림픽 국가 대표들은 저마다 만만치 않은 인맥과 능력을 갖고 있다.

그들이 언젠가 올림푸스에 힘이 되어줄지 아무도 모른다.

100m 달리기 선수로 나선 김에 두루두루 투자를 하는 셈 치면 된다.

사실 최치우는 올림픽과 거의 동시에 소울 스톤 발전소 준공, 제우스 S 제주도 출시 등 굵직한 일정을 수행해야 한다.

그러나 마냥 쫓기는 기분은 아니었다.

지난해 열심히 씨를 뿌린 성과를 올해 수확하는 것이다.

그래서 선수촌 일에 조금 더 집중할 수 있다.

과거의 국민 영웅 박지한을 현재의 국민 영웅 최치우가 어떻게 구제해 줄지.

여름을 앞두고 선수촌의 열기는 하루하루 더 뜨거워지고 있었다.

4장
마지막 승부

"안녕하세요."

박지한이 어색한 인사와 함께 고개를 살짝 숙였다.

수영 선수답게 직각으로 딱 벌어진 어깨, 그리고 190이 조금 안 되는 큰 키.

4년 전 올림픽에서 금메달을 따고 인기가 절정일 때 연예계 진출설이 불거진 이유를 알 것 같았다.

웬만한 사람은 최치우 옆에 서면 특별한 아우라 때문에 초라해 보인다.

그런데 박지한은 시너지 효과를 일으켰다.

두 사람이 같이 서 있으니 훨씬 더 훈훈한 그림이 연출됐다.

"반갑습니다."

최치우가 손을 내밀었다.

박지한과 악수를 나눈 그는 불과 몇 초 사이에 많은 것을 파악했다.

최치우는 다른 사람과 손을 맞잡을 때 기운을 느낄 수 있다.

무공 고수들에게는 너무 쉬운 일이다.

'기력이 충만한 것 같은데……. 단단한 느낌이 들지 않아. 밑 빠진 독처럼 어디선가 구멍이 뚫렸다.'

마치 한의사들이 진맥을 하는 것처럼 박지한의 상태를 알아차린 최치우는 심각한 표정을 지었다.

"박지한 선수, 25살이죠?"

"네? 아, 네."

박지한은 이 상황이 쉽게 적응되지 않는 듯했다.

우성용의 말을 듣고, 또 선수촌에 떠도는 소문을 듣고 찾아왔지만 여전히 어색했다.

최치우는 세계적으로 유명할 뿐만 아니라 개인 자산이 10조 원 가까이 된다는 부자다.

아무리 박지한이 날고 기는 선수라도 명성과 재력, 인기에서 비교할 구석이 하나도 없다.

게다가 100m 달리기에서 9초대 기록을 세운 괴물이다.

그런 최치우가 눈앞에 서 있는 것부터 얼떨떨했다.

가끔 선수촌 식당에서 지나가며 곁눈질로 보는 것과는 완전히 달랐다.

"사실 고민이 깊지만… 코치님이 아닌 다른 사람에게 조언을 구하는 것이 맞는지 잘 모르겠습니다."

박지한은 한 가닥 남은 자존심을 쥐어짰다.

4년 전만 해도 박지한은 아시아 수영의 희망이었다.

금메달을 목에 걸고, 세상 부러울 게 없었던 그가 생면부지의 남에게 조언을 구하러 온 것이다.

비록 상대가 그 유명한 최치우지만, 어쨌든 수영에는 문외한이다.

막상 조언을 받으러 왔으면서도 모든 게 비현실적으로 느껴졌다.

"아쉬운 사람이 우물을 파는 겁니다."

최치우는 담담한 말투로 박지한을 자극했다.

한때 세계 최고였다는 자존심을 내려놓지 못하면 변화를 받아들일 수 없다.

과연 박지한은 얼마나 절박할까.

멋지게 은퇴하겠다는 그의 각오는 진심일까.

잠깐 침묵이 흐르고, 박지한이 한숨을 내쉬며 말했다.

"맞습니다. 지푸라기라도 잡아야 되는데 뭘 가리겠습니까. 바쁜 시간 내주셨는데 불쾌하게 해드렸다면 죄송합니다."

의외의 대답이었다.

박지한이 처음 만난 최치우에게 완전히 수그리고 들어온 것이다.

자존심을 버릴 만큼 절박하다는 뜻이다.

인생 마지막 대회가 될 올림픽을 앞두고 박지한은 모든 것을 걸었다.

최치우는 씨익 미소를 지었다.

"4년 전, 금메달 따고 여기저기 방송에도 출연할 때 술 많이 마셨죠?"

"전부 지난 시절입니다. 후회하고 있습니다."

박지한이 얼굴을 붉혔다.

철이 없던 시절, 쏟아지는 스포트라이트에 취해 막무가내로 살았다.

그 끝이 이렇게 초라할 줄은 몰랐다.

부모님과 코치도 이미 올림픽 금메달을 딴 박지한을 만류하지 못했다.

최치우는 일부러 박지한을 놀리려는 듯 계속 과거를 추궁했다.

"술만 마신 게 아니라 여자도 많이 만났을 것 같고, 비시즌에 운동도 안 했을 테고."

"부끄럽지만… 모두 사실입니다."

"지금은 어떻습니까?"

"네?"

"선수촌 안에서 생활하지만, 방법은 얼마든지 있다고 들었습니다. 음주, 여자, 이런 문제로부터 완전하게 거리를 두고 있습니까?"

"그건……!"

박지한이 입술을 깨물었다.

자신에 대한 평판이 안 좋다는 사실은 박지한도 알고 있었다.

그러나 이런 식으로 면전에서 의심을 받는 것은 처음이었다.

"올림픽을 몇 달 앞두고, 은퇴를 위해 인생을 걸었습니다. 제가 딴 금메달을 걸고 맹세합니다. 절대, 절대 운동 말고 딴짓은 안 하고 있습니다."

분하다는 듯 주먹을 꽉 쥔 모습이 인상적이었다.

박지한은 최치우에게 화를 내는 게 아니다.

이렇게 의심을 살 정도로 망가진 자기 자신의 모습이 분한 것이다.

최치우는 대화를 주고받으며 25살 청년의 진심을 확실히 알게 됐다.

현대의 나이로는 동갑이지만, 25살이면 한창 어린 나이다.

그런데 박지한은 벌써 최고에서 최악까지 롤러코스터를 경험했다.

'이만하면 마인드는 괜찮은 편이군.'

최치우는 박지한의 말을 믿었다.

25살의 거짓말 정도는 한눈에 간파할 수 있다.

정말 억울하다는 듯 대답한 모습은 꾸밈이 없었다.

"내가 수영은 잘 모르지만, 슬럼프에 빠진 건 테크닉 문제는 아닐 겁니다. 올림픽 금메달리스트의 테크닉은 하루아침에 사라지지 않을 테니까."

최치우가 자신의 생각을 말하자 박지한이 흠칫 놀란 기색을 보였다.

마치 박지한의 훈련을 지켜본 사람처럼 예리한 평가였기 때문이다.

“테크닉은 아직도 세계 최고 레벨이라고 자부하고 있습니다.”

박지한이 고개를 끄덕였다.

그는 서양 선수들에 비해 신체 조건이 안 좋지만 절묘한 테크닉으로 약점을 극복했었다.

잠시 방황을 했어도 몸에 새겨진 기술이 사라질 리는 없다.

문제는 다른 데 있을 것이다.

최치우는 박지한과 악수를 나눌 때 이미 뭐가 문제인지 눈치챘다.

“기력, 즉 신체의 에너지가 어디론가 증발되고 있습니다. 아마 후반 스퍼트 속도가 예전만 못할 겁니다.”

“그걸 어떻게……? 혹시 최근 경기 영상을 본 건 아닙니까?”

“박 선수 경기를 굳이 찾아볼 이유가 없습니다.”

최치우가 냉정하게 말했다.

박지한도 뜨끔한 듯 고개를 끄덕였다.

종횡무진 세계를 누비느라 바빠서 선수촌에도 가끔 방문하는 사람이 바로 최치우다.

그가 굳이 한물간 박지한의 경기를 찾아볼 것 같진 않았다.

그렇다면 더더욱 놀라웠다.

박지한은 레이스 후반 속도를 내는 스퍼트에서 기록을 단축하지 못하고 있다.

번번이 추월을 허용하며 그저 그런 선수로 전락했다.

최치우는 경기도 안 보고 박지한의 문제점을 정확히 간파한 것이다.

속는 셈 치고 최치우를 찾아온 박지한은 점점 그를 신뢰하게 됐다.

선수촌에 떠도는 소문이, 그리고 우성용의 호들갑이 사실인 것 같았다.

“제가 어떻게 하면 될까요?”

박지한이 간절한 얼굴로 물었다.

최치우는 겨우 5분도 안 되어서 박지한의 믿음을 샀다.

대단한 일이지만, 최치우에게는 식은 죽 먹기나 다름없었다.

“술도 끊었고, 여자도 안 만나는데 기력이 빠져나가는 이유를 찾아봅시다.”

최치우가 마치 전문 코치나 선수 주치의처럼 말했다.

마형석과 심지호를 업그레이드시켜 준 것처럼 박지한에게도 기적을 선사할 차례였다.

* * *

선수촌에는 첨단 기기로 선수들의 신체 상태를 분석하는 의사들이 상주하고 있다.

평생 한 종목만 파고들어 온갖 경험을 쌓은 코치들도 있다.

그러나 최치우는 의사와 코치들이 알 수 없는 영역을 꿰뚫어 봤다.

현대 과학으로 증명하기 힘든 기(氣)를 느낄 수 있는지가 결정적 차이다.

기와 마나.

비슷하지만 다른 두 가지를 모두 느끼고 다루는 최치우는 비장의 무기를 양손에 든 셈이다.

그렇기에 선수들의 약점을 파악하고, 즉각적인 해결책을 제시해 주는 게 그리 어렵지 않은 일이었다.

무림에서 고수들은 말 한마디로 하수와 중수에게 깨달음을 준다.

무공의 깨달음은 운동 팁보다 몇 배 더 얻기 어렵다.

'무림맹 검객들에게 가르침을 줬던 걸 생각하면 이건 누워서 떡 먹기 정도다.'

최치우는 2주 만에 다시 찾은 선수촌에서 박지한을 만났다.

두 번째 만남이지만 전과는 분위기가 달랐다.

원래 둘은 25살 동갑내기 친구다.

하지만 박지한은 최치우를 국가 대표 총감독을 대하는 것처럼 깍듯하게 모셨다.

최치우가 편하게 말을 놓자고 해도 막무가내였다.

지난 2주 동안 스스로 몸의 변화를 느꼈기 때문이다.

박지한은 마형석과 심지호 이상으로 최치우를 믿고 따르게 됐다.

“코치님도 그렇고, 전담 트레이너 형님도 얼마나 놀랐는지……. 그 표정을 대표님이 보셨어야 합니다.”

박지한이 입이 귀에 걸려서 말했다.

그는 최치우를 대표님이라고 불렀다.

사회에서 불리는 호칭대로 예의를 갖춘 것이다.

“아까도 말했지만, 그냥 이름으로 부르라니까.”

“아닙니다. 은인한테 어떻게…….”

“그럼 올림픽에서 메달 따면 친구 합시다.”

“네? 메달이요?”

“자신 없어요? 내가 이만큼 도와주는데 당연히 메달 따고 은퇴해야지.”

최치우가 대수롭지 않은 듯 쿨하게 말했다.

그러나 박지한은 가슴 깊은 곳에서 뜨거운 감정이 올라오는 듯 했다.

“선수촌에 들어올 때만 해도 메달은 생각도 못 했습니다. 그냥 추하지 않게, 욕만 안 먹고 은퇴를 하면 좋겠다 싶었는데……. 정말 고맙습니다.”

“감사 인사는 올림픽 끝나고 받겠습니다. 일단 돌아서 앉아요.”

“네!”

박지한이 등을 보이고 앉았다.

최치우는 망설임 없이 그의 등을 강하게 때렸다.

투두둑! 툭툭!

퍼퍼퍽—!

중지를 뾰족하게 세우고 주먹으로 등을 두드리는 소리가 살벌하게 울렸다.

박지한은 입을 꾹 다물고 통증을 참았다.

2주 전, 처음 최치우를 만나 난데없이 등을 두들겨 맞을 때는 어안이 벙벙했었다.

하지만 효과가 확실했다.

실컷 등을 맞은 다음 날, 이상하게 몸이 가벼웠다.

수영장에서도 즉시 달라진 몸 상태가 증명됐다.

레이스 후반에 힘이 떨어지던 고질적인 현상이 개선된 것이다.

스퍼트가 좋아지니 자신감이 붙고, 더욱 공격적으로 초반 페이스도 끌어 올릴 수 있었다.

덕분에 박지한은 2주 동안 기록을 많이 단축시켰다.

아직 4년 전 금메달 페이스에는 못 미치지만 슬럼프에서 탈출한 건 확실했다.

박지한보다 더 깜짝 놀란 코치들이 혹시 금지 약물을 복용한 게 아니냐고 조심스레 물어봤을 정도였다.

당연히 도핑은 아니었다.

최치우는 박지한에게 추궁과혈(推宮過穴)을 시전한 것이다.

내공이 뛰어난 고수가 상대의 기혈을 자극해 전신혈도를 개방하고, 꽉 막힌 기의 흐름을 순환시키는 수법이 추궁과혈이다.

박지한은 방탕하게 살던 시절 몸이 안에서부터 망가졌다.

잦은 음주와 난잡한 관계로 인한 정기(精氣) 방출은 내상을 유발한다.

그렇기에 뒤늦게 운동에 집중해도 기력이 예전만 못했던 것이다.

이럴 때 쓸 수 있는 방법은 몇 가지 없다.

사실 효능이 좋은 영약을 복용하는 게 제일 빠른 처방이다.

그러나 영약의 경우 잘못 먹으면 도핑테스트에 걸릴 수 있다.

박지한에게 기초적인 도인법을 가르쳐 스스로 내상을 치유하게 만들 수도 없었다.

결국 추궁과혈이 최선의 선택이었다.

"후우— 다 됐어요."

"아……. 고생하셨습니다."

박지한은 참았던 신음을 낮게 토해냈다.

추궁과혈을 펼친 최치우도 약간의 내공을 소모했다.

하지만 받는 사람도 만만치 않은 고통을 감내해야 한다.

그래도 불평할 수는 없다.

억만금을 내도 최치우가 아니면 절대 못 받는 추궁과혈이기 때문이다.

"내가 해줄 수 있는 건 여기까지입니다. 기력이 밖으로 빠져나가는 문제는 다 잡았어요. 이제 남은 건 박지한 선수의 노력입니다."

최치우가 자리에서 일어서며 말했다.

올림픽 결과는 섣불리 예측할 수 없다.

다만 최치우는 박지한이 메달권에 진입할 수 있도록 발판을 마련해 줬다.

마형석도, 심지호도 마찬가지다.

하늘은 스스로 돕는 자를 돕는다고 한다.

최치우와 선수들의 인간적 노력이 빛을 발하고, 천운까지 따른다면 대한민국은 사상 최대의 금빛 물결을 보게 될 것이다.

박지한은 최치우를 바라보고 허리를 90도로 숙였다.

동갑내기로서 할 수 있는 최고의 예우였다.

"최선을 다해서 실망시켜 드리지 않겠습니다. 제가 인생의 마지막 승부를 펼칠 수 있게 도와주셔서 감사합니다."

"좋은 결과 있을 겁니다."

"올림픽만 끝나면 반드시 두고두고 보답하겠습니다."

최치우는 조용히 미소를 지었다.

그는 올림픽 국가 대표 선수단에 씨앗을 뿌렸다.

씨앗이 자라 어떤 열매를 맺을지 장담할 수 없다.

그러나 올림푸스라는 이름의 숲은 최치우의 넓은 그릇만큼 계속 울창해질 것 같았다.

*　　　*　　　*

선수촌 대회의실에서 각 종목 총 감독과 협회장들이 머리를 맞대고 있었다.

이번 올림픽은 스페인 바르셀로나에서 열린다.

요즘 사람들은 바르셀로나라고 하면 축구 선수 메시를 떠올릴 것이다.

하지만 우리나라에게는 황영조 선수의 마라톤 금메달 기억이 생생한 육상 성지(聖地)다.

그렇기에 올림픽에 임하는 대한체육회의 각오와 다짐도 남다를 수밖에 없었다.

그만큼 오늘 열리고 있는 회의도 무척 중요하다.

올림픽 선수단 입장을 비롯해 여러 현안을 결정하는 자리이기 때문이다.

"참 난감한 게… 유도팀, 레슬링팀, 수영팀, 육상팀 그리고 축구팀도 똑같은 의견을 냈습니다."

사회를 맡은 대한체육회 이사가 새로운 안건을 꺼냈다.

다들 무슨 이야기를 하는지 알고 있는 눈치였다.

"올림픽 입장식의 기수는 나라를 대표하는 얼굴인데 말입니다."

"그러니까요. 이렇게 다양한 종목의 팀에서 공통된 의견을 내는 경우는 없지 않았습니까?"

"이만하면 선수들의 뜻이 모아졌다고 봐야 하는데, 외면해도 뒷말이 나올 것 같습니다."

기다렸다는 듯 협회장과 감독들이 한마디씩 생각을 쏟아냈다.

올림픽 입장은 개막식의 꽃이다.

특히 국가별 입장에서 깃발을 드는 기수(旗手)는 선수단을 대표하는 얼굴로 세계에 각인된다.

예전에는 대한체육회에서 가장 상징성 있는 선수, 혹은 자신들이 밀어주고 싶은 선수를 지정해 기수 역할을 맡겼다.

그런데 이번 올림픽은 협회 마음대로 기수를 정하기 힘들 것 같았다.

선수단이 자체적으로 기수 후보를 추천하는데 유독 한 사람이 강력한 지지를 받고 있었다.

원래 기수는 선수단 추천으로 정하는 게 원칙이다.

그러나 늘 유명무실한 원칙이었다.

보통 자기 팀 주장을 추천하기 때문에 후보가 중구난방이었다.

그렇기에 협회는 부담 없이 자신들 입맛에 맞는 선수를 기수로 선정할 수 있었다.

하지만 상황이 완전히 달라졌다.

무려 5개 팀에서 한 사람을 후보로 추천한 것이다.

국내 올림픽 선수단 역사에서 전례를 찾아볼 수 없는 사건이었다.

만약 협회 마음대로 기수를 세우면 선수들 의견을 무시해 버린 셈이 된다.

요즘 같은 세상에서 언론이 냄새를 맡으면 골치 아파질 가능성이 크다.

"하필 최치우… 그 사람이라니."

누군가 속마음을 내뱉었다.

다들 티는 못 내도 공감하는 눈치였다.

최치우는 거물이다.

대한체육회 회장도 최치우와 비교하면 한참 작아 보일 수밖에 없다.

여의도 찌라시에 의하면 최치우가 직접 유경민 의원과 홍문기 부회장을 구속시키도록 검찰을 움직였다고 한다.

대선 주자와 대기업 부회장도 날려 버리는 사람이 바로 최치우다.

게다가 선수들의 추천까지 겹쳤다.

스포츠계를 마음대로 주무르는 협회와 연맹에서도 껄끄러움을 느끼는 게 당연했다.

"만약 최치우를 기수로 세우지 않으면 긁어 부스럼이 될 수 있습니다."

"괜히 다른 문제까지 터질 수 있으니 이번에는 선수단 추천으로 기수를 정합시다."

"허! 그게 무슨 말이오? 우리가 무슨 문제가 있다고!"

"아니, 내 말은 문제가 있다는 뜻이 아니라……. 만일을 조심해서 나쁠 건 없다는 것 아닙니까."

회의 분위기가 난잡해졌다.

올림픽 선수단 기수를 자기들 마음대로 못 정하게 됐기 때문일까.

협회와 연맹의 임원들은 평소보다 날이 서 있었다.

"크흠, 순리대로 갑시다. 이번 기수 자리는 아무래도 육상팀의 최치우에게 가야 될 것 같소."

급기야 대한체육회장이 나서서 마무리를 지었다.

더 이상 반발하는 사람은 나타나지 않았다.

모범적으로 운영되는 양궁 협회 정도를 제외하면 다들 찔리는 구석이 있었다.

혹시라도 최치우를 잘못 건드렸다가 불똥이 튀면 큰일 난다.

안 그래도 협회는 세계적인 CEO로 엄청난 영향력을 자랑하는 최치우 때문에 머리가 아팠다.

가만히 나둬도 사람들은 국가 대표 최치우에게 관심을 집중했다.

그런데 깃발을 들고 선수단의 얼굴 노릇까지 하게 됐다.

대한체육회 회장은 바르셀로나 올림픽의 주인공이 최치우가 될 것 같다는 불길한 예감을 받았다.

하지만 예감을 느껴봐야 별다른 소용이 없다.

최치우는 대한체육회장이 막아설 수 없을 만큼 강렬하게 빛나는 별이다.

그들의 역할은 최치우와 선수들에게 레드 카펫을 깔아주는 것뿐.

어떻게 보면 최치우 덕분에 올림픽에서 협회의 장난질이 줄어들게 된 셈이었다.

때로는 한 사람이 사회와 문화, 그리고 세상을 바꾼다.

최치우는 짧은 국가 대표 생활을 통해 체육계의 병폐를 짓밟고 있었다.

*　　　　*　　　　*

“오늘, 이 역사적인 순간에 설 수 있어 얼마나 영광인지 모릅니다. 이제 우리 제주도는 국제적인 친환경 관광 도시로 우뚝 서게 됐습니다. 세계 최초로 럭셔리 전기차가 천혜의 자연을 훼손하지 않고 달리는 곳! 제주도로 옵서예-!”

제주도지사 원성룡이 마이크 앞에서 사투리를 섞어가며 명연설을 마쳤다.

뜨거운 태양 아래에서 그보다 더 뜨거운 박수와 함성이 쏟아졌다.

최치우와 임동혁, 그리고 브라이언까지.

올림푸스와 퓨처 모터스의 임원 세 사람이 모두 자리를 빛냈다.

연설을 마친 원성룡은 웃음기 가득한 얼굴로 최치우를 쳐다봤다.

말하지 않아도 알 수 있다.

원성룡은 최치우에게 엄청나게 고마워하고 있었다.

행사장에는 제우스 S를 계약한 700명의 고객이 서 있었다.

그들은 바로 오늘 이 자리에서 꿈에 그리던 제우스 S를 인도받게 됐다.

나머지 300대는 제주도청과 주요 렌트카 업체에서 구매했다.

제주도 사람이 아닌 관광객들도 퓨처 모터스의 럭셔리 전기차 제우스 S를 마음껏 체험할 수 있게 수량을 배정한 것이다.

"서울 방송국과 언론사에서 이렇게 많이 취재를 온 적은 처음이네요. 모두 최 대표님 덕분입니다."

원성룡의 말에서 진심이 느껴졌다.

제주도의 젊은 맹주였던 그는 일약 잠재적 대선 주자로 떠올랐다.

12월에 치러질 이번 대선은 몰라도 5년 뒤에는 충분히 유력 후보가 될 것 같았다.

선제적으로 전기차를 도입하며 제주도를 친환경 혁신 도시로 바꿨기 때문이다.

벌써부터 세계 각국의 대도시에서 제주도 정책을 벤치마킹하기 위해 파견단을 보내려 했다.

"도지사님의 대승적인 결단 덕분입니다. 제가 감사드려야죠."

"아닙니다. 올림푸스 공이 크다는 사실을 우리 도청 사람들 전부 잘 알고 있습니다. 앞으로도 제주도와 올림푸스, 그리고 저와 최 대표님은 쭉 같이 가는 겁니다?"

"하하, 제가 부탁드리고 싶습니다."

최치우가 기분 좋게 웃었다.

두 사람은 서로 고마움을 느낄 수밖에 없었다.

원성룡이 1,000억이라는 계약금을 내고 통 큰 MOU를 체결하면서 퓨처 모터스의 숨통이 트였다.

덕분에 예상보다 일찍 퓨처 모터스가 정상화될 수 있었다.

원성룡도 최치우라는 귀인을 만나 정치적 위상이 높아지는 행운을 누리게 됐다.

이제 중앙 정치인들도 제주도지사 원성룡을 무시하지 못할 것이다.

그가 전기차라는 미래 이슈를 선점하며 앞으로 얼마든지 전국을 뒤흔들 저력을 보여줬기 때문이다.

"그나저나 올림픽 준비는 잘되고 있습니까? 기수로 선정이 됐다고 해서 화제였습니다."

"평생 한 번뿐일 올림픽을 즐기려고 편하게 생각하고 있습니다. 기수가 되어 부담스럽기도 하지만, 대한민국을 알리는 데 도움이 된다면 받아들여야죠."

"기수는 어떻게 맡게 된 것인가요? 최 대표님께서 자원하신 것인지요."

"아닙니다. 대한체육회에서 선정하는데, 선수단의 추천을 받았습니다. 여러 팀 주장들이 저를 추천하는 바람에……."

"아, 역시 대표님의 인망은 이곳저곳을 가리지 않는가 봅니다."

"선수들이 좋게 봐줘서 고마울 따름입니다."

최치우는 겸손하게 대답했다.

그가 대한민국 선수단을 대표해 깃발을 들게 됐다는 소식이 알려진 게 일주일 전이다.

1달 앞으로 다가온 바르셀로나 올림픽을 향한 국민적 관심은 최고조에 이르렀다.

외국의 언론들도 대한민국 선수단을 주목하고 있었다.

마치 페이스북을 만든 마크 주커버그가 미국 국가 대표가 되어 깃발을 드는 셈이다.

국적을 떠나 관심 있게 다룰 수밖에 없는 뉴스였다.

세계 올림픽 위원회 IOC도 기쁜 내색을 숨기지 않았다.

IOC는 최치우를 기수로 내세워 올림픽 열기를 일으켰다며 대한체육회에 감사 인사를 전했다. 대한체육회는 가만히 앉아서 IOC에게 생색을 내게 된 것이다.

상황이 이렇다 보니 선수촌에서 최치우의 영향력은 점점 커질 수밖에 없었다.

최치우에게 조언을 받고 실력이 향상된 유도, 레슬링, 수영, 그리고 축구 선수들은 그를 큰형님처럼 모셨다.

나이가 적고 많고, 운동 경력이 길고 짧고도 따지지 않았다.

운동선수들은 0.01% 발전하기 위해 이를 악물고 뼈를 깎는 고통을 참아낸다.

그런데 핵심을 짚는 최치우의 조언 한마디로 당장 체감 효과를 누렸다.

이쯤 되면 자존심이고 뭐고 다 팽개치고 은인처럼 모실 수밖에 없는 것이다.

물론 원성룡 도지사가 선수촌 내부의 소문까지 알기는 힘들다.

최치우는 그와 함께 나란히 서서 고객들이 제우스 S를 인도받는 장면을 지켜봤다.

원래 신차를 처음 인도할 때 대규모 행사를 열지 않는다.

기껏해야 1호 구매자에게 선물을 주는 선이다.

그러나 제우스 S는 기존의 자동차와 모든 게 달라야 했다.

전기차 출시를 널리 알리길 원하는 제주도와 이해관계도 맞아떨어졌다.

결국 700명을 한자리에 모아 초대형 행사를 전 세계에 생중계하게 됐다.

이제 겨우 초도 물량 1,000대가 제주도에 풀렸을 뿐이다.

그럼에도 불구하고 현기를 비롯한 유수의 자동차 회사들은 긴장해야 될 것 같았다.

제우스 S의 완성도가 무척 높았고, 1억이라는 고가에도 불구하고 예약이 폭주하는 중이다.

게다가 퓨처 모터스는 GM의 공장을 인수하며 대량생산 시스템을 갖추고 있다.

한국을 시작으로 아시아 시장을 공략하고, 미국을 중심으로 서구권을 공략한다는 전략은 알고도 막기 힘들다.

최치우는 그 첫걸음을 내디뎠다.

제우스 S를 인도받고 기뻐하는 고객들의 모습을 보니 마음이 놓였다.

시동을 걸고 도로를 달리면 더더욱 만족할 것이다.

"대표님, 올림픽을 마치고 제주도에서 또 한 상 거하게 대접하겠습니다."

"마다할 수 없죠. 도지사님 댁의 진수성찬이 아직도 기억납니다."

"아무렴요. 제주일미가 사실 우리 집사람입니다."

원성룡과 최치우가 농담을 주고받으며 웃음을 터뜨렸다.

제주도를 휩쓰는 전기차 열풍이 머지않아 한반도를 집어삼킬 것 같았다.

*　　　*　　　*

대망의 8월이 찾아왔다.

수많은 사람들이 손꼽아 기다려 온 바르셀로나 올림픽이 열린다.

최치우는 국가 대표 선수단과 함께 바르셀로나에 도착했다.

개막식부터 100m 달리기 결선이 끝나는 대략 일주일 동안은 바르셀로나에 머물러야 한다.

다행히 중요한 일정이 겹치진 않았다.

지난달 성공적으로 제우스 S를 출시한 퓨처 모터스는 온라인 전시장과 체험관을 확대하며 순항 중이다.

국내와 미국에 체험관을 열었고, 내년에는 유럽과 중국 시장 진출을 목표로 절차를 밟아갔다.

아직은 판매 물량이 많지 않지만, 새로 인수한 GM 공장이 돌아가기 시작하면 판도가 바뀔 것이다.

브라이언은 제우스 S의 뒤를 이을 후속 전기차 개발에 몰입했다.

천재 엔지니어답게 밥 먹고 잠 잘 때를 제외하면 하루 종일 도면만 보고 살았다.

소울 스톤 발전소 준공은 예정보다 조금 늦어졌다.

그런데 오히려 잘된 일이었다.

최치우가 올림픽을 마치고 돌아오면 발전소 준공식을 할 수 있게 됐다.

공사 지연마저도 최치우에게 득이 되고 있었다.

마치 온 세상이 최치우를 중심으로 돌아가는 것 같았다.

바르셀로나에서 시차를 맞추고 컨디션을 끌어 올린 최치우는 마음을 단단히 먹었다.

처음이자 마지막일 올림픽에서 세계 신기록을 수립하고, 동양인의 한계를 산산조각 내버릴 것이다.

동시에 최치우와 인연을 맺은 다른 종목 선수들이 좋은 성적을 내도록 힘을 줄 작정이었다.

깃발을 들고 입장하게 된 최치우는 사실상 국가 대표 선수단 전체의 주장이나 다름없다.

그렇기에 88 서울 올림픽에 버금가는 역대급 성적을 내고 싶었다.

선수촌에서 다양한 종목 선수들에게 비밀스러운 팁을 전수했기에 가능성이 있을 것 같았다.

'일주일 동안은 올림픽만 생각하겠어. 금메달이 질릴 때까지… 기적을 만들어봐야지.'

남들은 모르는 최치우의 다짐이 바르셀로나 올림픽을 출렁이

게 만들 것이다.

황영조의 전설이 기념비로 세워진 바르셀로나에서 새로운 역사가 쓰이기 직전이었다.

5장
골든 웨이브

성대한 축포, 엄청난 스케일의 공연과 함께 개막식이 열렸다.

다양한 국가에서 모인 관중들이 바르셀로나 올림픽 경기장을 가득 채웠다.

몇 년 전까지 바르셀로나는 카탈루냐 독립 논쟁으로 시끄러웠다.

스페인 경제도 오랜 암흑기를 겪어야만 했다.

그러나 젊은 총리가 등장해 카탈루냐 갈등을 봉합시켰고, 스페인 경제도 오랜만에 성장세를 맛보게 됐다.

30년 가까운 시간을 뛰어넘어 다시 열린 바르셀로나 올림픽은 스페인의 장밋빛 미래를 전세계에 알리는 축제다.

스페인 정부는 세계인이 지켜보는 개막식을 위해 어마어마한 세금을 투입했다.

월드 스타들이 총출동했고, FC 바르셀로나와 레알 마드리드의 선수들이 스페인 전통 춤 플라멩코를 함께 추는 등 볼거리가 넘쳤다.

최치우도 화끈한 올림픽 개막식 분위기에 단단히 일조를 했다.

그가 태극기를 들고 대한민국 선수단 맨 앞에서 나타나자 함성이 스타디움을 뒤덮었다.

"와아아아아아—!"

"치우! 치우! 치우! 치우!"

최치우의 이름은 서양에서도 발음하기 쉽다.

그렇기 때문에 최치우를 좋아하는 서양 사람들은 성 대신 이름을 연호했다.

다른 나라 선수단은 물론이고, 개막식 공연을 꾸민 월드 스타들도 최치우를 쳐다보며 흥겨워했다.

사실 유명세로 따지면 최치우는 개막식을 꾸민 어느 누구에게도 뒤지지 않는다.

100m 달리기로 한국 신기록을 깬 후 그의 인지도는 뉴스를 잘 안 보는 대중들에게도 널리 퍼졌다.

게다가 미국의 GM 공장을 인수하며 직원들까지 받아준 소식은 스페인, 이탈리아처럼 경제가 어려운 유럽 국가들에게 전설적인 미담으로 소개됐다.

"코레아—!"

다시금 터진 화려한 폭죽이 대한민국 선수단의 입장을 반겼다.

최치우는 흥겨운 음악에 맞춰 태극기를 높이 들고 선두에서 행진을 이끌었다.

"와아아아아!"

그를 향한 환호성은 식을 줄 몰랐다.

지치지도 않는 듯 계속되는 치우, 치우 소리가 고막을 때렸다.

최치우는 가슴 깊은 곳에서 뜨거운 열정이 샘솟는 걸 느꼈다.

'즐겁다—!'

세상 사람들의 박수를 받는 것, 그들이 뿜어내는 열정적인 에너지를 받는 것은 특별한 경험이다.

연예인과 운동선수는 팬들에게 사랑을 받는다.

하지만 최치우는 보다 넓은 범위의 사람들에게 숭배의 대상이 될 수 있다.

그는 무대 위, 또는 경기장에서 잠깐 즐거움을 주는 사람이 아니다.

수많은 사람들이 계속 혜택을 받을 수 있게 세상을 변화시키는 사람이다.

그래서 운동선수로 올림픽 스타디움에 섰지만, 최치우를 향한 환호가 더 열광적인 것 같았다.

덩달아 대한민국 선수단도 신이 났다.

우리나라 국가 대표 선수들 중에는 올림픽을 여러 번 경험해본 베테랑도 적지 않다.

그들도 이렇게 뜨거운 함성을 받아본 건 처음이었다.

최치우의 인기 덕분인 걸 알지만 기분이 좋아질 수밖에 없었다.

"와… 진짜 대박이다!"

"스페인에서 이런 대접을 다 받아보고!"

"역시 기수 추천 잘했어, 그렇지?"

"당근이지!"

어린 선수들이 최치우의 뒷모습을 쳐다보며 솔직한 감정을 표출했다.

운동선수 세계의 관례를 무시하고 여러 팀에서 최치우를 기수로 추천한 게 신의 한 수였다.

마치 대한민국 선수단이 바르셀로나 올림픽 개막식의 주인공이 된 것 같았다.

개최국 스페인 선수단 못지않은 환호를 받으니 다른 나라 선수들이 부러운 눈길마저 보냈다.

휘이익— 휘리릭!

최치우가 태극기 깃발을 높이 들고 휘둘렀다.

푸른색과 붉은색, 그리고 건곤감리의 이치를 담은 검은색 선이 수놓아진 태극기가 스타디움에서 빛나고 있었다.

스으으윽—

그때 개막식을 중계하는 공식 카메라가 최치우를 향해 다가왔다.

최치우의 얼굴이 70억 인구의 가정집 TV로 생중계되는 것이다.

“치우 형, 한마디 해요!”

먼저 카메라를 발견한 육상팀 동생들이 최치우를 부추겼다.

최치우는 씨익 웃으며 카메라를 향해 포효를 터뜨렸다.

“코리아! 레전드! 어게인!”

누구나 알아들을 수 있는 쉬운 영어와 함께 손가락 네 개를 쫙 폈다.

올림픽 전체 순위 4위는 대한민국이 88 서울 올림픽에서 세웠던 역대급 기록이다.

홈 어드밴티지를 받은 88 올림픽 이후 두 번 다시 넘보기 힘들어진 순위였다.

최치우는 전 세계인이 지켜보는 가운데 88 올림픽의 전설, 4위의 신화를 다시 쓰겠다고 공표한 것이다.

한국의 전설을 다시 한 번 이룩하겠다는 외침은 대한민국 선수단에게 엄청난 동기를 불어넣었다.

“가자! 파이팅!”

“코리아 레전드 어게인!”

너 나 할 것 없이 최치우의 외침을 따라하며 분위기를 고조시켰다.

대한민국 선수단이 바르셀로나 올림픽 개막식의 진정한 주인공이 된 것 같았다.

모두의 가슴에 불을 지른 최치우는 당당하게 태극기 깃발을 휘두르며 전진하고 있었다.

*　　　*　　　*

100m 달리기 예선.

원래 육상 예선 경기는 관심에서 비껴 나가 있다.

월드 스타가 출전하지 않는 이상, 예선은 그야말로 맛보기 취급을 받는다.

그러나 올림픽은 다르다.

예선이지만 출발선에 선 한 사람, 한 사람이 자국을 대표하는 스타들이다.

태극기를 가슴에 얹고 출전한 최치우도 마찬가지였다.

경기장을 채운 관중들은 개막식처럼 최치우의 이름을 연호했다.

"치우―! 치우! 치우!"

단순히 그의 유명세 때문만은 아니었다.

최치우는 아시아 선수로 올림픽 단거리 육상 메달을 딸 수 있을지 주목받고 있다.

순수하게 스포츠의 관점에서도 화제를 불러일으키는 선수였다.

"스텝!"

준비 신호가 울렸다.

최치우는 이상태 감독에게 배운 대로 스타트 자세를 취했다.

틈틈이 선수촌에 방문하며 레슨을 받았기에 자세도 여느 육상 선수 못지않았다.

몸으로 하는 일이라면 습득력에서 최치우를 따라올 사람은 없다.

무당파나 소림사의 무공도 곁눈질로 스윽 보고 배웠던 최치우다.

육상 선수들의 달리기 자세를 마스터하는 건 일도 아니었다.

탕—!

총성이 울렸다.

바르셀로나 올림픽에서 처음 듣는 총성이다.

세계적인 CEO로 비즈니스 전쟁을 벌이다 올림픽 스타디움에 서 있다니, 모두 스스로 해낸 일이지만 비현실적이다.

특별한 기분을 느꼈기 때문일까.

최치우의 스타트는 평소보다 늦었다.

눈에 띌 정도로 주춤거렸고, 그사이 다른 선수들은 앞서갔다.

보통 단거리 육상에서 0.1초 차이는 극복하기 어려운 격차다.

최치우는 스타트 라인에서 최소 0.3초는 늦게 출발했다.
찰나의 순간이지만, 관중석 곳곳에서 탄식이 흘러나왔다.
"아……."
"오 마이 갓!"
최치우를 응원하는 다양한 국적의 관객들 얼굴에 아쉬움이 떠올랐다.
하지만 걱정할 필요 없었다.
관객들의 아쉬움은 금방 놀라움과 환희로 바뀌었다.
조금 늦게 출발한 최치우가 믿기 힘든 스피드로 선두를 따라잡았기 때문이다.
쉭― 쉬쉭―!
얼마나 빠른지 팔을 움직일 때마다 바람이 갈려 나가는 소리가 울렸다.
눈 깜짝할 사이에 선두를 추월한 최치우는 아차 싶었다.
'흥분하지 말자! 예선부터 너무 빨리 달리면 김 빠지니까.'
늦은 스타트를 만회하기 위해 오버하면 안 된다.
자칫하면 예선에서 세계 신기록을 깨버릴 수도 있다.
최치우는 페이스를 조절하며 2위 선수보다 한 발짝 앞서 결승선을 통과했다.
"치우우우우우―!"
남들이 보기엔 기가 막힌 역전 레이스였다.
예선에 불과하지만, 최치우의 이름을 부르는 소리가 결승전이라 착각할 만큼 클 수밖에 없었다.

뒤늦은 스타트를 극복하고 모든 선수들을 한 명씩 제치며 1등까지 치고 올라가는 모습은 드라마가 따로 없었다.

전광판에 찍힌 기록은 9초 96.

손기정 기념 육상 선수권에서 세웠던 9초 98의 한국 신기록을 가뿐하게 경신했다.

최치우의 이름 옆에 한국 신기록을 뜻하는 KR 마크가 선명하게 떠올랐다.

전광판을 확인한 관중들은 또 한 번 함성을 지르며 축제를 즐겼다.

예선부터 신기록이 쏟아지고 있다.

최치우라는 무시무시한 루키 덕분에 올해 100m 달리기는 역대급 관심을 받으며 뜨겁게 불타오를 것 같았다.

우사인 볼트의 후계자로 여겨지는 자메이카의 웨스 라이언, 2인자에서 1인자로 등극하려는 미국의 제레미 요크도 긴장할 수밖에 없다.

총알탄 사나이 우사인 볼트가 은퇴하고 처음 열린 올림픽.

아프리카나 미국, 유럽이 아닌 한국의 최치우가 유력한 금메달 후보로 급부상했다.

이전까지 상상도 할 수 없는 기이한 일이었다.

그러나 이제는 분명한 현실이다.

최치우는 손을 흔들며 자신의 이름을 연호해 준 관중들에게 보답했다.

100m 달리기는 더 이상 흑인들의 전유물이 아니다.

육체적 한계가 있다는 편견을 깨고, 동양인의 대표로 최치우가 우뚝 섰다.

역사는 이미 바뀌고 있었다.

*　　*　　*

레슬링 경기장 관중석이 들썩이고 있었다.

선수들 때문이 아니다.

일반 관객들의 스마트폰 카메라가 관중석에 앉은 한 사람만 찍기 바빴다.

100m 달리기에 출전한 최치우가 레슬링 경기장에 모습을 나타낸 것이다.

대부분의 선수들은 자기 종목 경기가 다 끝나면 다른 종목을 관람한다.

하지만 최치우의 배포는 남달랐다.

아직 100m 달리기 결승이 열리지 않았지만, 한국 선수들을 응원하기 위해 먼저 나섰다.

최치우는 기수 역할을 맡았을 뿐 아니라 여러모로 한국 선수단의 주장 노릇을 톡톡히 해내고 있었다.

물론 국가 대표 선수가 자기 종목에서 성적을 못 내면 아무리 열심히 활동해도 비난을 받을 수밖에 없다.

그러나 최치우는 언터처블(Untouchable)이다.

그동안 한국 육상의 불모지였던 100m 달리기에서 압도적 기록으로 결승에 올랐기 때문이다.

최치우뿐 아니라 선수촌에서 함께 훈련한 우성용도 결승에 올랐다.

메달권으로 여겨지지는 않지만, 최치우와 함께 한국 최초로 올림픽 100m 달리기 결승에 오른 것이다.

우성용은 최치우 효과의 최대 수혜자로 떠올랐다.

100m 달리기 결승에 한국 선수가 두 명이나 진출하면서 우성용 또한 많은 관심을 받게 됐다.

그가 기록을 단축하는 데 영향을 끼친 결정적인 조언도 최치우가 해준 것이었다.

따지고 보면 최치우는 올림픽을 준비하며 대한민국, 아니, 아시아 육상의 유망주를 제대로 키운 셈이었다.

최치우는 떠나도 우성용은 오래도록 자리를 지키며 한국 육상의 위상을 높일 것이다.

지금 경기장에 들어선 심지호도 마찬가지다.

"우오오오―!"

심지호가 등장하자 관중들이 웅성거리기 시작했다.

그는 세계 선수권을 휩쓴 부동의 랭킹 1위지만, 4년 전 올림픽에서 예선 탈락이라는 쓴맛을 봤다.

운동선수에게 멘탈은 무엇보다 중요하다.

심지호는 올림픽 울렁증으로 밤잠을 못 이룰 정도였다.

만약 최치우를 만나지 않았다면 이번 올림픽에서도 제 기량을 발휘하지 못할 가능성이 높았다.

그러나 바르셀로나에서는 다를 것이다.

심지호는 4년을 절치부심했다.

그리고 최치우에게 확실한 처방을 받았다.

최치우는 심지호의 멘탈을 붙잡기 위해 정수리의 백회혈을 강하게 자극했다.

덕분에 꽉 막힌 울화가 백회혈 너머로 분출됐다.

심지호는 올림픽을 상상하며 생각이 너무 많아져 잠도 못 자는 상태였지만, 최치우가 백회혈을 열어준 후 몇 달 만에 숙면을 취했다고 한다.

오늘 그 결과를 볼 수 있을 것 같았다.

"으라하앗—!"

심지호의 쩌렁쩌렁한 기합이 관중석까지 울려 퍼졌다.

울렁증과 멘탈이 문제였을 뿐, 원래 실력은 세계 최고다.

경기가 시작하자마자 심지호가 상대 선수를 뒤에서 붙잡고 한 바퀴 돌렸다.

가뿐한 승리.

심지호는 두 팔을 활짝 펼치고 기뻐했다.

예선 첫 경기 승리지만, 4년 전 올림픽의 악몽을 떨쳐내기에 충분했다.

최치우는 자리에서 일어나 박수를 쳤다.

짝짝짝—!

마음이 통한 것일까.

심지호가 최치우 쪽을 쳐다보며 군인처럼 거수경례를 했다.

이심전심(以心傳心)이다.

취재진의 카메라는 쉽게 볼 수 없는 독특한 장면을 담느라 바쁘게 움직였다.

대한민국 선수단은 최치우를 중심으로 단단하게 뭉쳤다.

아무래도 바르셀로나 올림픽에서 진짜 사고를 칠 것 같았다.

국민들에게 희망과 기쁨을 안겨줄 금빛 물결이 코앞에서 일렁거리는 기분이었다.

*　　　*　　　*

4년 전 올림픽에서 한국은 8개의 금메달을 획득하며 종합 순위 9위를 기록했다.

대한민국은 1988 서울 올림픽 이후 전통적인 하계 올림픽 강국으로 입지를 굳혔다.

출전 선수단 규모는 작지만, 매번 종합 순위 10위권에 이름을 올리고 있었다.

하계 올림픽 5대 강국은 역시 미국, 중국, 러시아, 영국, 독일이다.

5개 나라의 가장 큰 공통점은 바로 인구다.

인구가 많으면 출전 선수와 종목이 늘어날 수밖에 없고, 메달을 획득할 가능성도 높아진다.

예를 들어 중국 선수단이 100명이고, 한국 선수단이 10명인데 메달 수로 공정한 경쟁을 펼치긴 힘들다.

한국 선수 10명 모두 금메달을 따도 중국의 100명 선수단 중 11%인 11명만 금메달을 따면 순위에서 밀린다.

그렇기에 몇몇 언론은 올림픽을 두고 인구 경쟁 또는 국력 경쟁이라 비판하는 것이다.

그러나 이미 정해진 룰을 바꿀 수는 없다.

인구가 많고, 출전 선수가 많은 강대국이 올림픽 순위에서 상위권을 차지하도록 규칙이 정해져 있다.

그럼에도 불구하고 대한민국은 이변을 일으키고 있었다.

바르셀로나 올림픽의 최대 돌풍은 대한민국 선수단이라 해도 과언이 아니다.

이전까지 단 한 명도 결승에 진출하지 못했던 100m 달리기 최종전에 2명이 올라갔다.

유도와 레슬링 역시 4년 전 아픔을 씻어내고 간판스타인 마형석과 심지호가 결승전에 진출했다.

퇴물로 불리던 수영 선수 박지한은 무려 4개 종목 결선에 오르며 완벽한 부활을 알렸다.

싸늘하던 국민 여론도 박지한을 다시 보게 됐다.

자유형 400m와 800m, 1,500m, 그리고 개인혼영 400m 모두 결선에 오른 박지한은 다시금 국민 영웅으로 우뚝 섰다.

결선에서 메달을 따지 못해도 명예롭게 은퇴하고 싶다는 꿈은 이룬 셈이다.

축구 역시 기적을 쓰고 있었다.

우리나라 축구 국가 대표의 올림픽 목표는 언제나 동메달이었다.

올림픽에서 동메달만 따면 병역 면제가 가능하기 때문이다.

역대 올림픽 최고 기록도 동메달인데, 이번에는 결승에 오르는 파란을 일으켰다.

최소 은메달이 확보됐고, 만약 결승 상대인 영국을 이기면 최초로 금메달을 딴다.

한국 현지에서는 2002 월드컵 신화를 재현하듯 거리 응원 열풍이 번지고 있었다.

비단 축구뿐 아니라 올림픽팀 전체가 영웅 대접을 받는다고 해도 과언이 아니었다.

88년 서울 올림픽 이후 누구도 꿈꾸지 못했던 목표, 세계 4위라는 대기록을 다시 한 번 수립할지 모른다.

연일 안 좋은 뉴스에만 시달리던 국민들에게 올림픽 대표단이 희망을 주고 있었다.

아직 결과가 다 나오지 않았지만, 최치우는 최강 전력을 자랑한 바르셀로나 올림픽 국가 대표의 기수(旗手)로서 역사에 이름을 남길 것 같았다.

딩동—

"문 열렸어, 들어와."

저녁 식사가 끝나고, 아직 잠들기엔 이른 시각.

최치우와 우성용이 같이 쓰는 선수촌 숙소에 손님들이 몰려들고 있었다.

방금 초인종을 누르고 들어온 사람은 유도 국가 대표 마형석이다.

올림픽 은메달리스트 출신으로 자존심이 센 마형석은 최치우를 보자마자 허리를 꾸벅 숙였다.

"조금 늦었습니다. 죄송합니다."

마형석이 이렇게 공손하게 인사를 하는 광경은 흔히 볼 수 없다.

그는 국가 대표 코치 말도 제대로 듣지 않아 문제를 일으킬 만큼 콧대가 높은 선수다.

그런데 최치우 앞에서는 달랐다.

마치 까마득한 대선배를 대하는 막내처럼 말투와 몸가짐이 극진했다.

"어서 와. 다들 기다리고 있었다."

최치우는 웃으며 마형석을 반겼다.

선수촌의 2인용 숙소는 꽤 넓은 편이지만, 모여든 사람들로 꽉 차버렸다.

최치우와 우성용의 침대 사이에 거실 같은 공간이 있었고, 무려 7명이 둘러앉았다.

7명 모두 보통 사람보다 체격이 크다.

그래서 비좁게 느껴질 수밖에 없지만, 누구도 불편한 기색을 보이지 않았다.

육상팀의 최치우와 우성용, 레슬링팀의 심지호, 수영의 박지한, 축구팀의 손영민과 기천수, 마지막으로 도착한 유도팀의 마형석까지.

대한민국과 바르셀로나를 뜨겁게 달군 올림픽의 주역들이 모인 것이다.

국가 대표 선수단에서도 가장 큰 화제를 몰고 다니는 7명이다.

이들이 한자리에 모인 게 알려지기만 해도 특종 뉴스가 될 것이다.

실시간 검색어 1위도 따놓은 당상이다.

아주 친한 사이가 아니면 올림픽 기간 중에는 따로 모이지 않는다.

각자의 경기를 준비하며 정신을 집중해야 되기 때문이다.

그런데 최치우를 중심으로 모인 7명은 기존의 관례를 깨버렸다.

그들에게 있어서 가장 절실한 마인드 컨트롤 방법은 따로 있었다.

최치우를 만나 조언을 듣는 것.

그게 충분한 휴식만큼이나 더 소중했다.

"성용이는 지금까지 했던 대로, 다른 선수들이 아니라 너 혼자서 뛴다고 생각해. 욕심내면 어렵게 잡은 균형이 망가진다. 알지? 네가 주인공이 될 시간은 4년, 그리고 8년 뒤에 찾아온다."

"네, 형님. 혼자만의 레이스를 한다고 생각할게요."

우성용이 진지한 얼굴로 고개를 끄덕였다.

최치우를 포함해 우성용도 한국 최초로 올림픽 100m 달리기 결승에 올랐다.

누구라도 부담과 욕심을 느낄 수밖에 없는 상황이다.

하지만 최치우는 우성용이 메달권 후보가 아님을 냉정하게 지적했다.

괜한 욕심으로 균형이 깨지면 어렵게 잡은 기회마저 놓칠 수 있다.

최선을 다하되 4년, 8년 뒤를 바라보고 평정심을 유지하는 게 더 중요하다.

우성용이 최치우의 조언만 잘 따른다면 장차 한국 육상의 대들보로 무럭무럭 성장할 것이다.

나머지 선수들도 중요한 일전을 앞두고 최치우에게 결정적인 한마디를 듣기 원했다.

사실 필요한 조언은 선수촌에서 다 해줬다.

그렇기에 다들 징크스를 떨쳐내고 결승까지 오르는 쾌거를 이뤄낼 수 있었다.

어쩌면 박지한과 마형석, 심지호, 그리고 축구 국대를 이끄는 손영민과 기천수는 심리적 안정을 위해 최치우를 찾아왔는지 모른다.

결승을 앞두고 모든 선수들이 초조한 기분을 느낀다.

자칫 불안한 마음이 커지면 컨디션을 망칠 수도 있다.

그런데 최치우에게 조언을 들으면 멘탈이 잡힐 것 같았다.

최치우는 선수촌에서 정신적 지주 역할을 담당했다.

선수들의 꽉 막힌 고민을 해결하며 자연스레 멘탈까지 강하게 만들어준 것이다.

메달 색이 결정되는 중요한 경기를 앞두고, 국가 대표의 간판선수들이 최치우 방으로 모인 건 알고 보면 당연한 일이었다.

"영민아, 천수야. 너네 4강 경기 보니까 왼쪽이나 오른쪽 공간이 비었을 때도 자꾸 한 방향만 고집하는 경향이 있었어."

"저희도 감독님한테 지적을 듣는데… 막상 경기를 뛰다 보면 시야가 좁아져요."

"특히 천수 너는 플레이 메이커니까, 중앙에서 공을 잡으면 심호흡 한 번만 해."

"심호흡이요?"

"그래, 심호흡. 깊은 숨을 마시면 뇌가 활성화되면서 시야가 넓어져. 겨우 호흡 한 번 더 한다고 경기 템포가 느려지는 건 아니니까, 내 말 믿고 중앙에서 공이 오면 심호흡 한 번만 하고 패스 루트를 만들어봐."

"네, 형님! 결승에서 무조건 그렇게 하겠습니다."

올림픽 대표팀의 에이스 기천수가 고개를 끄덕였다.

똑같은 조언도 다른 사람이 했다면 한 귀로 듣고, 한 귀로 흘렸을 게 분명하다.

하지만 최치우는 절대적 신임을 받고 있다.

만약 결승전에서 한국의 공격 루트가 넓어진다면, 오늘 이 자리에서 최치우가 조언을 해준 덕분일 것이다.

"영민이 너는 너무 완벽한 찬스만 노리지 말고, 공간이 보이면 과감하게 중거리 슛도 때리고."

"옙!"

독일 무대에서 뛰고 있는 손영민이 밝은 얼굴로 대답했다.

최치우는 축구 선수 출신이 아니다.

그러나 궁극의 경지에 오르면 모든 깨달음이 통하는 법이다.

최치우가 익힌 싸움의 기술을 운동에 적용하면 모두 비법이 된다.

그는 마형석과 심지호, 박지한에게도 차례대로 조언을 해줬다.

국가 대표 에이스들의 마음을 든든하게 잡아준 최치우가 다시 입을 열었다.

"다들 4년 동안 고생해서 여기까지 왔다. 그러니까 부담 느끼지 말라는 소리는 안 할게. 어차피 마음고생하고 몸 고생 똑같이 했으니 무조건 금메달로 보상을 받자!"

"네, 형님."

"치우 형님만 믿고 가즈아아—!"

성격이 밝은 우성용이 장난기를 담아 분위기를 띄웠다.

최치우는 마음을 비우라는 뻔한 조언을 하지 않았다.

대신 금메달로 보상을 받자며 확실하게 동기를 부여했다.

유망주인 우성용을 제외하면 다들 금메달을 따도 이상하지 않은 위치다.

쉽게 마음이 비워질 리 없다.

불가능한 요구를 하는 것보단 대놓고 동기를 부여하는 게

났다.

목표를 감추면 부담이 되지만, 드러내면 더 이상 부담이 아니기 때문이다.

척!

최치우가 손을 내밀었다.

옹기종기 모여 앉은 선수들이 그 아래로 손을 겹쳤다.

서열에 민감한 운동선수들답게 전부 최치우의 손바닥 아래로 자기 손을 깔았다.

최치우는 피식 웃음을 터뜨리며 목소리를 높였다.

"다들 알지? 금!"

"메달!"

"금!"

"메달!"

몇 번 해본 듯 능숙하게 구호를 맞춘 7명이 손을 위로 뻗었다.

금메달을 염원하는 파이팅이 끝나고, 다들 일찍 자기 방으로 돌아갔다.

중요한 일정을 남겨둔 만큼 컨디션 관리는 필수다.

최치우는 방에서 나가는 동생들의 등을 두드려 줬다.

아직 어린 나이인데 국가 대표라는 무거운 왕관을 쓴 동생들이 새삼 대견했다.

"나중에 은퇴하고 갈 데 없으면 올림푸스로 와라. 밥은 먹여 줄게."

"우와—! 이거 빈말 아니지요?"

"내가 언제 빈말 하는 거 봤어?"

"알겠습니다. S대 나와도 들어가기 힘들다는 올림푸스, 우리는 무조건 받아주는 겁니다?"

"금메달 특별 전형이라도 만들게. 경기나 잘해."

최치우는 농담에 진심을 섞어 동생들을 배웅했다.

약속된 승리를 쟁취하고 함께 샴페인을 터뜨릴 수 있기를.

그 순간을 머릿속으로 그리며 최치우가 방문을 닫았다.

다가온 100m 달리기 마지막 경주를 위해 최치우도 휴식을 취할 시간이었다.

*　　　*　　　*

"후우— 후우—!"

긴장을 다스리기 위한 선수들의 숨소리가 가까이서 들렸다.

3번 레인에 선 최치우만 평소처럼 차분하게 호흡하고 있었다.

1번 레인에는 우사인 볼트의 후계자, 자메이카의 웨스 라이언이 서 있었다.

2번 레인은 역시 미국의 스타 제레미 요크의 차지였다.

최치우는 3번 레인에서 그들과 경쟁하게 됐다.

사실상 가장 유력한 금, 은, 동메달 후보들이 나란히 서게 된 것이다.

올림픽을 지켜보는 관중들에겐 더 없이 좋은 소식이었다.
언제 또 이런 레이스를 볼 수 있을지 모른다.
웨스 라이언과 제레미 요크는 서로를 강하게 의식했다.
단거리 육상의 황제로 군림했던 우사인 볼트가 은퇴하고, 둘 중 한 사람이 왕좌를 계승하는 게 기정사실이었기 때문이다.
바르셀로나 올림픽에서 금메달을 따면 공식적으로 우사인 볼트의 후계자가 될 수 있다.
그런데 뜬금없이 한국에서 최치우라는 괴물이 나타났다.
하지만 웨스 라이언과 제레미 요크는 최치우를 크게 견제하지는 않았다.
흑인이 아닌 동양인이 올림픽 무대에서 금메달을 따는 건 상상할 수 없는 일이다.
그들은 최치우를 어쩌다 튀어나온 다크호스 정도로만 여겼다.
물론 뚜껑이 열리면 큰코다칠 생각이었다.
오히려 최치우가 웨스 라이언, 제레미 요크를 안중에도 두지 않았다.
'너희는 우사인 볼트의 후계자가 되려고 나왔지만, 난 우사인 볼트를 깨려고 나왔다.'
마음가짐이 다르니 목표도 다를 수밖에 없다.
최치우는 6번 레인에 선 우성용을 바라보고 자세를 잡았다.
우성용은 긴장한 기색이 역력했다.
그러나 오늘의 경험이 그에게 돈 주고도 못 사는 보약이 되어줄 것이다.

스으윽—

선수들이 일제히 스타트 자세를 잡았다.

올림픽 스타디움을 채운 관중들의 함성이 최고조에 이르렀다.

곧이어 기계음이 울리면 전쟁이 시작된다.

10초 안에 모든 게 결정 나는 전쟁이다.

"스텝—!"

신호에 맞춰 선수들이 뛰어나갈 준비를 했다.

총성이 울리면 최치우도 금빛 질주를, 아니, 세계의 편견을 깨뜨릴 역사적인 달리기를 보여줄 것이다.

타아앙!

선수들이 전광석화처럼 스타트 라인을 박찼다.

최치우도 예선과 달리 출발에서 머뭇거리지 않았다.

레이스 초반부터 웨스 라이언, 제레미 요크, 그리고 최치우가 치고 나갔다.

1번, 2번, 3번 레인의 세 명이 나란히 선두권을 형성한 것이다.

"우와아아아아!"

"오오오오!"

기대 이상으로 흥미로운 질주가 사람들을 흥분시켰다.

중계 방송을 맡은 세계 각국의 해설자들도 소리를 지르기 바빴다.

겨우 4초 정도 지났을까.

그러나 레이스는 이미 중반부에 다다랐다.

제레미 요크의 두껍고 새까만 팔꿈치가 최치우의 시야에 잡혔다.

미국의 희망으로 떠오른 2번 레인의 제레미 요크가 살짝 앞서 나간 것이다.

1번 레인의 웨스 라이언은 최치우와 비슷한 위치에서 제레미 요크에 반 발짝 뒤처져 있었다.

'바로 지금!'

최치우는 승부를 걸 타이밍이 왔음을 직감했다.

영원히 역사에 남을 바르셀로나 올림픽 100m 달리기.

그 전설적인 레이스가 황금빛을 뿜어내고 있었다.

6장
레전드 메이커

4초.

누군가에게는 깊은 숨을 한 번 쉬면 끝나는 짧은 시간이다.

하지만 세계 최고의 선수들이 경쟁하는 100m 달리기에서 4초의 가치는 엄청나다.

총성이 울리고, 4초가 지날 무렵 근소하게 선두로 치고 나간 사람은 제레미 요크였다.

웨스 라이언과 최치우는 제레미 요크보다 반 발짝 뒤에서 선두권을 형성했다.

100m는 초단거리 경주이기에 스퍼트라는 개념이 없다.

선수들은 스타트부터 젖 먹던 힘까지 100% 전력을 짜낸다.

한번 거리를 벌리면 역전은 거의 불가능하다.

제레미 요크가 앞선 찰나의 순간, 대다수 육상 전문가와 해설가들은 미국이 금메달을 하나 추가할 거라고 생각했다.

더불어 우사인 볼트의 후계자는 제레미 요크로 결정되는 듯했다.

지난 8년 내내 자메이카에 눌려 있던 원조 육상 강국 미국이 다시 한 번 올림픽 왕관을 차지할 것 같았다.

그러나 모두 섣부른 추측이었다.

100m 기록은 9초대에서 결정이 난다.

4초가 지났지만, 아직 5초라는 단거리 육상에서 어마어마하게 긴 시간이 남아 있었다.

"왓 더 헬—!"

"오우! 마이! 가아앗!"

누구도 예상하지 못한 반전이 일어났다.

해설자들이 저도 모르게 비속어를 내뱉을 만큼 깜짝 놀랐다.

최치우가 성큼 튀어나오며 제레미 요크 옆 라인에 딱 붙었다.

겨우 1초도 지나기 전에 벌어진 일이었다.

제레미 요크와 최치우가 나란히 섰고, 웨스 라이언만 뒤처졌다.

그것도 잠시뿐.

해설자들의 눈알이 튀어나올 장면은 여기서 끝나지 않았다.

'한 호흡, 아주 약간의 내공!'

최치우는 제레미 요크가 선두를 차지한 순간, 극소량의 내공을 두 다리로 보냈다.

기운이 넘치면 인간의 한계를 깨고 8초, 7초대 기록을 세울지 모른다.

그렇기에 새끼손톱보다 작은 크기의 내력만 발휘했을 뿐이다.

그럼에도 불구하고 엄청난 에너지가 두 다리에서 뿜어져 나왔다.

팍! 파팍! 파파팍!

최치우의 발바닥이 경기장 트랙을 움푹 파이게 만들 것 같았다.

휘이이이익—!

그는 거센 맞바람을 느끼며 제레미 요크를 제쳤다.

하지만 페이스를 조절했다.

너무 앞서가면 안 된다.

바로 뒤에서 제레미 요크의 호흡이 느껴지는 거리를 유지하는 게 포인트다.

'됐다!'

최치우는 짧지만 길게 느껴진 레이스가 끝났음을 직감했다.

그는 망설이지 않고 오른손을 하늘 높이 들었다.

아직 달리는 중이지만, 전성기 시절의 우사인 볼트처럼 먼저 세레머니를 한 것이다.

삐이이—

최치우의 몸이 결승선을 통과했고, 곧바로 부저음이 울렸다.

그는 두 눈을 의심하게 만든 역전극으로 당당히 올림픽 금메달을 차지했다.

동양인의 피부, 가슴에 달린 태극기, 어느 것 하나 올림픽 100m 달리기 금메달과 어울리는 게 없었다.

그러나 부정할 수 없는 현실이다.

"와아아아아아아아아—!"

"치우우우우—!"

최치우는 어느 때보다 격한 환호성을 들으며 두 팔을 활짝 벌렸다.

전광판에는 9초 48이라는 숫자와 함께 세계 신기록을 알리는 WR이 선명하게 떠올랐다.

최치우는 월드 레코드이자 올림픽 레코드를 수립했다.

우사인 볼트가 기록했던 종전의 세계 신기록 9초 58을 무려 0.1초나 단축시킨 것이다.

100m 달리기에서 0.1초는 마라톤에서 10분을 단축시킨 것 이상이다.

전세계 해설진은 난리가 났고, 경기장의 관중들과 TV 시청자들은 열광했으며, 최치우와 함께 달린 선수들은 넋이 나간 얼굴이었다.

"치우 형님!"

그때 우성용이 최치우를 불렀다.

메달은 못 땄지만, 그 역시 한국인 최초로 올림픽 결선에서 최선을 다했다.
우성용은 최치우가 세운 기록과 금메달이라는 결과에 감동한 것 같았다.
"형님……!"
우성용이 눈물이 그렁그렁한 얼굴로 최치우를 한 번 더 불렀다.
최치우는 우성용을 와락 안아줬다.
이 순간의 기쁨을 같이 나눌 상대가 있어 고마웠다.
예견된 결과였지만, 막상 세계 신기록을 세우며 올림픽의 주인공이 되니 기분이 남달랐다.
이제 누구든 동양인의 신체 능력이 떨어진다는 이야기를 함부로 못 할 것이다.
최치우가 올림픽에서 한계와 편견을 박살 냈기 때문이다.
"금메달! 우리가 금메달! 그리고 세계신기록!"
육상팀의 이상태 감독이 커다란 태극기를 들고 뛰어오며 괴성을 질렀다.
최치우 덕분에 그는 아시아 최초의 올림픽 단거리 육상 금메달리스트를 배출한 감독이 됐다.
이상태 감독에게도, 한국과 아시아 육상계에도 역대급 경사였다.
휘리릭—
최치우는 이상태 감독이 건네준 대형 태극기를 등에 휘감았다.

그가 태극기를 두르고 천천히 올림픽 스타디움을 한 바퀴 돌자 모든 관중이 일어나 박수를 쳤다.

세계 신기록이 깨지는 역사적인 순간을 보게 해준 최치우에게 경의를 표하는 것이다.

그 옛날 황영조의 전설이 몇 배 더 큰 감동으로 다시 부활했다.

최치우는 바르셀로나 올림픽의 신화가 되어 지워지지 않을 발자국을 남겼다.

그의 얼굴에도 환한 미소가 떠올라 있었다.

* * *

"동해물과 백두산이 마르고 닳도록 하느님이 보우하사 우리나라 만세—!"

바르셀로나 올림픽 스타디움에 애국가가 울려 퍼졌다.

황영조 선수의 마라톤 신화를 뛰어넘는 전설이 공식적으로 인정을 받는 순간이었다.

최치우는 금메달을 목에 걸고 태극기를 쳐다봤다.

거듭된 환생으로 주어진 삶, 처음부터 대한민국에 애정이 있지는 않았다.

그러나 이번 삶은 어느 때보다 더 특별하다.

처음으로 가족이 생겼고, 지키고픈 사람들과 함께 싸우는 법을 배우게 됐다.

최치우가 소중하게 여기는 사람들의 터전이 바로 대한민국이다.

그는 경기장 꼭대기에서 휘날리는 태극기를 보며 다짐했다.

올림푸스로 인해 대한민국은 세계의 중심이 될 거라고.

그리하여 대한민국에서 태어나 살아가는 소중한 사람들이 평생 자부심을 느끼게 될 거라고.

최치우의 다짐은 이미 많이 실현되고 있었다.

올림푸스와 퓨처 모터스, 그리고 올림픽 금메달로 대한민국의 위상은 전례 없이 높아졌다.

오성그룹이 반도체와 스마트폰으로 승승장구하고 있지만, 국가 브랜드를 높이는 데 최치우만큼 기여하진 못했다.

유럽과 미국에서는 오성을 일본 브랜드로 잘못 알고 있는 사람들이 꽤 많다.

오성은 굳이 한국 기업임을 내세우지 않는다.

그래 봐야 기업 이미지에 큰 도움이 안 된다고 판단했기 때문이다.

하지만 올림푸스는 달랐다.

최치우는 태극기를 가슴에 얹고 국가 대표로 올림픽 메달을 땄다.

경제 뉴스를 아예 안 보는 사람도 올림푸스의 CEO 최치우가 코리아 메달리스트라는 건 알게 됐다.

원래부터 올림푸스는 대한민국 기업임을 적극 알렸다.

세계 최초의 소울 스톤 발전소도 한국에 건립했고, 각종 글로벌 기자회견도 여의도에서 열어왔다.

퓨처 모터스의 전기차 제우스 S의 세계 최초 출시 지역도 제주도로 정했다.

그렇기에 오성그룹보다 규모는 작아도 국가 브랜드에 끼친 영향력은 더 클 수밖에 없었다.

최치우는 한국이 결코 부끄러운 브랜드가 아니라고 생각했다.

해방과 전쟁 이후 세계에서 가장 못 사는 나라가 고작 50년 만에 한강의 기적을 일으키며 선진국 대열에 올라섰다.

그동안 국가적 홍보 대책이 부실했을 뿐, 대한민국의 스토리는 훌륭한 자산이다.

최치우와 올림푸스는 대한민국을 세계에 알리는 선봉장이 된 것 같았다.

"치우 형! 축하해요. 세계신기록으로 금메달이라니……. 형은 진짜 특별한 사람 같아요."

시상식을 마치고 돌아오니 우성용이 기다리고 있었다.

다시 한번 우성용에게 축하를 받은 최치우는 금메달을 풀었다.

처억!

우성용의 목에 금메달을 걸어준 최치우가 말했다.

"기운 잘 받아둬. 너도 앞으로 금메달 많이 따야지."

"혀, 형님… 이걸……."

막상 금메달을 건네받은 우성용은 석상처럼 얼어붙었다.

너무 놀라 혀도 꼬이는 것 같았다.

최치우는 밝게 웃으며 말을 이어갔다.

"부러워만 하지 말고, 죽어라 노력하면 언젠가 너의 시대가 온다. 샴페인은 다른 애들 결승전 다 끝나면 같이 터뜨리자."

"네, 형님! 명심하고 또 명심할게요!"

우성용이 크게 감명을 받은 듯 연신 고개를 끄덕였다.

최치우는 그를 데리고 선수촌으로 걸어갔다.

육상팀에서 단체 회식을 제안했지만 뒤로 미뤘다.

유도와 레슬링, 수영과 축구 결승을 보고 나서 다 함께 파티를 즐기고 싶었다.

최치우는 혼자만 전설을 쓰는 걸로 만족하지 않았다.

그의 울타리 안에 들어온 사람들, 그와 인연을 맺은 사람들도 제각각 전설을 쓰게 해주고 싶었다.

그런 의미에서 우성용도 이미 나름의 전설을 쓴 셈이었다.

최치우 덕분에 올림픽 결승에서 전력으로 질주할 수 있었으니 말이다.

바르셀로나 올림픽이 끝나기 전까지 더 많은 전설이 태어날 수 있기를.

최치우는 숙소로 돌아가며 하늘을 쳐다봤다.

구름 하나 없이 맑은 하늘이 좋은 징조를 보여주고 있었다.

*　　　*　　　*

"뒤집기 한판! 한판승! 국민 여러분, 마형석 선수가 해냈습니다! 4년 전 은메달의 아쉬움을 이겨내고 금빛 한판승을 통쾌하게 내려꽂았습니다—!"

해설자의 외침이 중계 박스 너머까지 쩌렁쩌렁하게 울렸다.

마형석이 극적인 한판 뒤집기로 금메달을 차지했다.

관중석에 유도 결승전을 지켜보던 최치우는 자리에서 벌떡 일어섰다.

옆자리의 우성용과 심지호도 마찬가지였다.

다들 한마음 한뜻으로 마형석의 금메달을 축하했다.

"와— 형석이 형님도 해내셨네요!"

"고생 많았는데, 진짜 다행이다."

마형석은 유도복을 추스르며 뜨거운 눈물을 흘렸다.

원래 속마음이 여린 사람일수록 겉으로 드러나는 자존심이 강한 편이다.

마형석이 딱 그런 케이스였다.

주체 못 하고 눈물을 흘리는 마형석을 보며 다들 찡한 감정을 느꼈다.

"두고두고 놀려줘야겠다. 센 척은 혼자 다 하더니."

최치우는 미소를 지으며 마형석을 쳐다봤다.

하루 앞서 금메달을 딴 레슬링 국가 대표 심지호도 마음 편히 박수를 쳤다.

심판으로부터 승리를 확인받은 마형석은 유도 코치와 얼싸안았다.

이윽고 그는 최치우가 앉아 있는 관중석을 향해 넙죽 큰절을 했다.

최치우가 올림픽 선수단의 리더 역할을 한다는 건 이미 언론을 통해 알려졌다.

거수경례를 했던 심지호에 이어 마형석은 큰절로 고마움을 표시한 것이다.

"고생했다, 형석아!"

최치우는 소리 높여 마형석을 축하하며 큰절을 받았다.

원래는 군대 문제를 해결하기 위해 올림픽에 참가했지만, 그보다 더 소중한 것들을 많이 얻었다.

든든하고 대견한 동생들이 생겼고, 올림픽에서 보여준 리더십으로 최치우의 인기와 지명도는 하늘을 뚫을 지경이 됐다.

벌써부터 올림푸스 홍보실을 통해 CF 광고 문의가 쏟아지고 있었다.

한국 재계 서열 2위의 기업 CEO에게 광고 모델 제의를 할 정도이니, 최치우의 인기가 얼마나 대단한지 놀랍기 그지없었다.

역사에 획을 그은 최치우는 물론이고, 올림픽 최치우 사단이라 불리는 선수들이 모두 엄청난 성적을 남겼다.

그러니 광고계에서 러브 콜이 쏟아지는 게 당연했다.

"이제 축구 국대만 남았네."

"영민이 형님이랑 천수 형님이 잘하겠죠?"

"영국이 쉬운 상대는 아니지만… 목숨 걸고 덤비면 못 이길 상대도 아니지."

최치우의 말대로 결승에 오른 축구 대표팀만 남았다.

수영 선수 박지한도 결선에 오른 4개 종목에서 금메달 2개와 은메달 1개를 추가했다.

명예로운 은퇴 수준이 아니라 올림픽 영웅으로 다시 태어난 것이다.

최치우 사단의 열풍 덕분에 대한민국은 이미 금메달 17개를 획득하며 역대 최고 성적을 갱신했다.

축구 국대와 다른 종목에서 금메달을 몇 개만 더 추가하면 20개를 넘기는 대기록도 세울 수 있다.

서울 올림픽 이후 다시는 도전하기 어려울 것 같았던 종합 4위도 눈앞에 있었다.

이 모든 게 최치우의 공로라고 주장할 수는 없다.

4년 넘게 피땀을 흘린 선수단 전체의 공이 제일 크다.

그러나 최치우가 없었으면 절대 이루지 못 했을 기대 이상의 결과인 것은 분명했다.

올림픽이 막바지에 이를수록 최치우의 이름은 점점 강렬하게 각인되고 있었다.

사실 최치우는 곧 한국으로 돌아가 소울 스톤 발전소 준공식을 열면서 CEO로 복귀해야 한다.

그에게도 바르셀로나 올림픽은 처음이자 마지막인 특별한 경험이다.

최치우는 청춘의 한 페이지를 찬란한 금빛으로 물들이고 있었다.

*　　　*　　　*

바르셀로나 올림픽에서 대한민국은 당당하게 세계 3위를 차지했다.

1988년 서울 올림픽의 신화를 뛰어넘은 것이다.

당초 최치우가 노렸던 종합 4위를 상회하는 준수한 결과였다.

축구 대표팀이 연장전 골든골로 영국을 꺾고 기적적인 금메달을 따면서 아슬아슬하게 3위를 탈환했다.

현재 시점에서 올림픽 종합 3위는 2002년 월드컵 4강보다, 88년 서울 올림픽 4위보다 훨씬 해내기 어려운 일이었다.

2000년대 이후 올림픽 5강은 틀에 박힌 듯 정해져 있었기 때문이다.

우선 압도적 인구를 자랑하는 미국과 중국이 1위, 2위를 독식한다.

이후 독일과 러시아, 영국이 엎치락뒤치락 나머지 순위를 차지하는 게 관행처럼 굳어졌다.

올림픽 5강은 출전 선수단 규모부터 다른 국가들과 다르다.

그렇기에 나머지 국가들은 6위만 차지해도 엄청나게 선전한 셈이다.

그런데 바르셀로나에서는 5강 공식이 깨졌다.

미국과 중국 바로 다음으로 대한민국 태극기가 올라간 것이다.

대한민국 뒤로 독일이 4위, 러시아가 5위, 영국이 6위를 차지했다. 전통적인 라이벌 일본은 11위에 머무르며 자존심을 구겼다.

한국은 그야말로 축제 분위기가 됐고, 대통령이 직접 선수단을 포상할 계획이었다. 퇴임을 앞둔 유영조 대통령은 올림픽 덕분에 함박웃음을 짓게 됐다.

국가 분위기가 활짝 피면서 내수 경제도 살아나고, 한국에 대한 외국인들의 관심도 늘어났기 때문이다.

사실 최치우는 여당 후보인 유경민을 몰락시키며 유영조 대통령을 궁지에 몰았었다.

정치적으로는 완전히 갈라선 사이가 됐고, 퇴임 이후 만나서 술 한잔을 나누기로 약속했다.

그러나 올림픽을 통해 유영조 대통령에게 크나큰 선물을 안겨준 것이다.

최치우가 딴 금메달은 1개지만, 축구 대표팀의 금메달과 함께 가장 임팩트가 컸다.

100m 달리기에서 동양인이 세계신기록을 세우며 금메달을 딴 것은 무엇과도 비교할 수 없는 성과다.

뿐만이 아니었다.

수많은 금메달리스트들이 수상 소감에서 최치우를 언급했다.

축구 대표팀의 주장 기천수도 최치우의 조언 덕분에 넓은 시야를 갖게 됐다고 말했다.

유도의 마형석이 금메달을 따고 최치우에게 큰절을 한 것은 외신들도 특종으로 다뤘다.

국민 비호감에서 탈피하며 화려하게 부활한 수영 선수 박지한도 최치우를 재기의 1등 공신으로 꼽았다.

대한민국이 이룩한 종합 3위라는 업적, 그 중심에 최치우가 있음을 모두가 인정할 수밖에 없었다.

그럼에도 불구하고 최치우는 선수단보다 하루 일찍 귀국했다.

인천공항에서 성대하게 펼쳐질 선수단 환영 행사에 참석하지 않기 위해서다.

만약 최치우가 선수단과 함께 귀국하면 스포트라이트를 독식할 가능성이 높다.

그는 올림픽에서 고생한 선수들에게 관심이 돌아가도록 먼저 배려를 해준 것이다.

환영식에 참여하지 않아도 최치우를 향한 찬사는 차고 넘치기 때문이다.

또 그는 한국에 돌아오자마자 해야 할 일이 있었다.

'축제는 끝났어.'

올림픽이라는 청춘의 페이지를 멋지게 장식했으니 본업을 챙겨야 한다.

다행히 올림푸스와 퓨처 모터스는 최치우의 공백에도 흔들림이 없었다.

오히려 올림픽에서 최치우의 인기가 높아지며 주가가 비약적으로 상승했다.

원래 주식은 상식적인 근거로만 오르거나 내리지 않는다.

기업의 매출과 시장성도 중요하지만, 오너 개인의 인기가 주가에 끼치는 영향도 막대하다.

더구나 최치우는 올림픽을 통해 병역 문제를 해결했다.

그의 병역은 올림푸스의 가장 큰 오너 리스크였다.

만약 최치우가 2년 가까이 자리를 비우면 올림푸스는 위기를 맞이할 수밖에 없었다.

퓨처 모터스는 브라이언이 수습할 수 있지만, 올림푸스 본사의 오너 의존도는 어느 회사보다 높기 때문이다.

하지만 더 이상 최치우의 장기 부재를 걱정할 필요가 사라졌다.

축제의 끝자락에서 최치우는 다시 새로운 도약을 준비하고 있었다.

소울 스톤 발전소 준공식과 함께 올림푸스의 8월은 뜨겁게 마무리될 것이다.

남몰래 하루 일찍 귀국한 최치우는 올림픽 성과에 취하지 않았다.

스포츠 역사를 바꿨지만, 그 정도로 희희낙락하기에 최치우의 꿈은 훨씬 더 크다.

한여름의 태양이 기승을 부리는 계절, 최치우는 또 신발끈을 고쳐 매고 있었다.

* * *

소울 스톤 발전소는 국가 공인 특급 기밀 시설이다.

소울 스톤이라는 새로운 물질을 소유한 기업은 전 세계에서 올림푸스밖에 없다.

당연히 소울 스톤에서 에너지를 추출하는 방법도 극비였다.

김도현 교수가 이끄는 미래 에너지 탐사대의 연구원들은 비밀 서약 각서를 썼고, 만약 이를 어길 시 천문학적 금액을 배상해야 한다.

어차피 기밀을 유출해도 최치우가 아니면 그 누구도 소울 스톤을 구할 수 없기에 무용지물이다.

어쨌든 광명에 지어진 발전소가 성공적으로 에너지를 생산하면 세계 각국에서 러브 콜을 보낼 것이다.

그 어떤 대체에너지보다 더 효율적이고 친환경적인 소울 스톤은 인류의 미래를 바꿀 수 있는 물질이다.

효력이 증명되기만 하면 지구 곳곳에서 억만금을 싸들고 발전소 유치 경쟁에 나설 게 분명했다.

그만큼 한국 정부와 올림푸스는 보안에 각별히 신경을 썼다.

최치우가 유영조 대통령과 다른 길을 걷게 됐지만, 개인적 감정이 개입될 문제가 아니었다.

최치우는 발전소 보안을 위해 특단의 조치를 취했다.

남아공 무법 지대의 패권을 장악한 헤라클레스 대원들을 부른 것이다.

헤라클레스는 최치우가 숨겨놓은 비장의 무기다.

현대에서는 다른 차원과 달리 무력보다 경제력이 훨씬 중요하다.

그러나 결정적 순간에는 무력의 가치가 빛을 발할 수밖에 없다.

최치우가 지속적으로 헤라클레스에 투자를 아끼지 않는 건 단순히 남아공 본부의 광산을 지키기 위해서만은 아니었다.

언제든 편하게 쓸 수 있는 정예 부대가 필요하다.

미국 특수부대 출신들을 대거 받아들이며 몸집을 키운 헤라클레스는 아프리카 남부의 전설로 우뚝 섰다.

이미 리키와 몇몇 대원들은 실리콘밸리로 향했다.

최치우의 지시를 받고, 퓨처 모터스 공장을 지키기 위해 임시로 차출된 것이다.

광명의 소울 스톤 발전소도 안정적으로 가동될 때까지 헤라클레스 대원들이 지켜주면 된다.

비록 리키는 없지만 헤라클레스 대원 10명이면 웬만한 특수부대가 부럽지 않다.

한국 정부에서 제공하는 군과 경찰 병력, 그리고 사설 경호업체도 충분하다.

하지만 최치우는 네오메이슨의 존재를 알고 있다.

그들이 또 무슨 짓을 벌일지 모른다.

퓨처 모터스 공장에 불을 지른 것처럼 미친 짓을 다시 안 한다는 보장이 없다.

그렇기에 초창기에는 만반의 준비 태세로 물 샐 틈조차 없게 하려는 것이다.

"헤라클레스 대원들은 계속 보충할 테니까 너무 신경 쓰지 마."

—요즘 이 동네도 분위기가 흉흉해서. 헤라클레스가 워낙 든든하긴 하지만……. 부담을 주는 거 같아서 미안하다, 치우야.

"부담은 무슨. 남아공 본부와 광산이 우리에게 엄청 중요하다는 거 잘 알잖아. 그만큼 투자를 해야지."

—그래, 조만간 남아공에도 올 거지?

"가을쯤 잠시 들어갈 거 같아. 형도 겨울에 휴가 써서 서울에 와야지."

—일정 조율해서 보고서 올릴게. 곧 보자.

"건강해."

최치우는 올림푸스 남아공 본부장으로 파견을 나간 이시환과 통화를 마쳤다.

헤라클레스의 1차 목표는 남아공 본부와 광산 경호다.

그렇기에 헤라클레스 대원들을 차출하며 본부장인 이시환에게 설명을 해주는 것이다.

이시환은 남아공에서 국제적인 거물로 훌쩍 성장했다.

최치우도 어리지만 이시환도 여전히 20대다.

다른 경력도 없는 이시환에게 남아공 본부를 통째로 맡기는 건 도박이었다.

그러나 이시환은 특유의 친화력과 적응력으로 베테랑 직원들을 장악했고, 남아공의 광산을 순조롭게 개발하며 막대한 현금을 뽑아내고 있다.

이제 남아공 본부는 올림푸스에 없어서는 안 될 캐시 카우가 됐다.

이시환도 아프리카의 큰손으로 꼽히며 인생이 바뀌었다.

자원해서 남아공으로 날아간 용기가 제대로 먹힌 것이다.

"이제부터 소울 스톤을 확보하는 게 관건이겠군."

전화를 끊은 최치우가 혼잣말을 읊조렸다.

하급 물의 정령 운딘을 소멸시키고 얻은 소울 스톤은 실험 과정에서 파괴됐다.

꾸준한 실험을 위해, 그리고 광명이 아닌 다른 지역에도 발전소를 설립하기 위해 작정하고 소울 스톤을 모아야 한다.

최치우는 주먹을 꽉 쥐며 각오를 다졌다.

물의 정령왕으로부터 경고까지 받은 마당이다.

이판사판 가릴 것 없다.

본의는 아니지만, 현대에서 유일한 정령 헌터로 세계를 누비게 됐다.

남들이 보기엔 마냥 화려하지만 최치우는 더더욱 험난한 싸움을 계속하게 될 것 같았다.

*　　　　*　　　　*

준공식이 하루 앞으로 다가왔다.

내일이면 수백 대의 카메라가 몰려들어 소울 스톤 발전소의 모습을 담게 될 것이다.

취재진에게는 발전소 내부도 공개될 예정이다.

하지만 절대 들어설 수 없는, 심지어 환경부 장관조차 못 들어가는 장소도 있다.

지문과 홍채 인식을 비롯해 매일 바뀌는 비밀번호를 알아야만 입장할 수 있는 코어(Core).

소울 스톤 발전소의 코어에 들어갈 수 있는 사람은 단 두 명이다.

대한민국, 더 나아가 전 세계에서 두 명뿐인 인원은 다름 아닌 최치우와 김도현 교수였다.

미래 에너지 탐사대의 다른 연구진과 교수들도 코어에 들어가기 위해서는 최치우, 또는 김도현 교수의 허가를 일일이 받아야 한다.

최치우는 준공식을 앞두고 김도현 교수와 함께 발전소를 찾았다.

발전소 내부를 먼저 살펴보고, 소울 스톤이 가동되는 코어를 체크하려는 것이다.

"기대해도 좋아요."

김도현 교수가 입을 열었다.

그는 어지간해선 이런 말을 하지 않는다.

최치우는 김도현을 쳐다보며 미소를 지었다.

"교수님께서 자신하시니… 얼른 보고 싶습니다."

"그럼 문을 열게요."

발전소 내부는 두 사람을 위해 텅 비어 있었다.

복잡한 기계와 열병합 처리 시설이 커다란 발전소를 채웠지만, 핵심은 소울 스톤이 가동되는 코어다.

김도현 교수는 지문과 홍채 인식을 완료하고 비밀번호 코드를 입력했다.

지이이잉— 띠잉!

복잡한 확인 절차가 끝나고, 굳게 닫힌 자동문이 열리기 시작했다.

최치우가 직접 시도해도 똑같은 절차를 거쳐야만 한다.

코어는 발전소 중앙에 불투명한 하얀색 벽으로 가로막혀 있었다.

"들어가지요."

"네, 교수님."

최치우와 김도현 교수는 열린 문 안으로 걸음을 옮겼다.

곧이어 다시 문이 닫히고, 새하얀 기둥이 두 사람을 집어삼켰다.

코어를 감싼 하얀색 벽도 특수 물질이다.

폭탄이 터지거나 미사일을 쏘면 발전소 자체는 와르르 무너질 것이다.

그러나 코어는 흔들리지 않도록 설계가 됐다.
코어에 자리 잡은 소울 스톤은 어떤 상황에서도 무사해야 되기 때문이다.
"와—!"
최치우가 탄성을 터뜨렸다.
발전소 내부는 다른 열병합 발전소와 크게 다를 바 없었다.
하지만 코어는 달랐다.
샐러맨더의 소울 스톤이 붉은빛을 내며 투명한 관에 들어가 있었다.
소울 스톤을 품은 관에는 여러 갈래의 호스가 연결돼 있었다.
샐러맨더의 소울 스톤이 뿜어낸 에너지가 호스를 타고 코어 바깥의 발전소 기구로 전달된다.
사실 코어의 구조 자체는 간소했다.
샐러맨더의 소울 스톤, 그 존재 자체가 핵심이기 때문이다.
우웅— 우우웅—
투명한 관에 담긴 소울 스톤이 공명음을 발산하고 있었다.
초정밀 레이저로 소울 스톤을 자극하고, 그 반작용으로 열이 발산되는 구조는 단순하지만 아름다웠다.
"여기서 광명 뉴타운의 전력을 책임지게 되는 것이군요."
"그렇지요. 치우 군이, 아니, 최 대표가 얼마나 위대한 발견을 한 것인지 모릅니다."
"교수님 덕분에 가능했습니다."

"남은 소울 스톤도 귀하게 쓸 수 있도록… 꼭 올해 안에 결과를 낼게요."

"믿고 기다리겠습니다."

김도현 교수는 최상급 물의 정령 아도니스의 소울 스톤을 갖고 있다.

에너지 추출에 성공하면 광명 뉴타운을 책임질 샐러맨더의 소울 스톤보다 더 큰 효과를 낼 것이다.

"진짜 세상을 바꾸고 있는 것 같습니다."

최치우가 웃으며 솔직한 감상을 털어놓았다.

준공식 전날, 실제로 발전소와 코어를 살펴보니 정말 실감이 났다.

최치우는 드디어 환생 이후 의미 있는 첫 걸음을 내디딘 기분이었다.

7장
러브콜

준공식은 무사히 끝났다.

환경부와 올림푸스는 쓸데없는 치장에 돈을 쓰지 않았다.

화려한 장식으로 성대한 준공식을 만드는 게 본질이 아니다.

광명까지 달려온 국내외 기자들의 궁금한 점을 풀어주는 게 핵심이다.

최치우는 올림푸스의 대표로서 직접 프리젠테이션을 진행했다.

보통 다른 기업의 준공식에서 대표는 축사만 하고 뒤로 빠진다.

그러나 최치우는 달랐다.

올림푸스를 상징하는 얼굴이기에, 또 누구보다 뛰어난 전문성을 갖고 있기에 직접 현장 PT를 진행한 것이다.

최치우의 PT는 취재진의 폭발적인 반응을 불러일으켰다.

그는 최대한 자세하게 소울 스톤 발전소의 구동 원리를 설명해 줬다.

동시에 소울 스톤이라는 물질이 가지는 다양한 속성에 대해서도 많은 이야기를 풀어놓았다.

밝힐 수 없는 비밀은 꽁꽁 감췄지만, 그래도 이제껏 알려지지 않았던 여러 정보가 최초로 공개됐다.

덕분에 국내는 물론이고 외국 언론에서도 하루가 넘도록 소울 스톤 뉴스가 헤드라인을 장식했다.

최치우가 처음으로 소울 스톤을 공개했을 때와는 분위기가 또 달랐다.

그때도 전 세계적으로 관심이 뜨거웠다.

하지만 소울 스톤을 실제로 어떻게 활용할 수 있을지 검증이 되기 전이었다.

기대감만으로 올림푸스 주가는 폭등했지만, 소울 스톤을 신기루라고 평가하는 사람도 있었다.

그러나 발전소가 준공되며 검증은 끝났다.

광명 뉴타운의 전력을 책임질 수 있는 에너지가 소울 스톤 발전소에서 생산된다.

최치우와 환경부는 수많은 기자들에게 에너지 지표를 확인시켜 줬다.

어제 하루 동안 소울 스톤 발전소에서 생산한 전력을 수치로 보여준 것이다.

특별한 사고가 터지지 않는다면 그 누구도 소울 스톤 발전소의 효력과 환경성에 태클을 걸 수 없다.

발전소를 통해 검증을 마친 소울 스톤의 가치는 천정부지로 치솟았다.

소울 스톤은 이미 지구의 에너지난과 환경문제를 해결할 물질로 주목을 받았다.

그런데 실효성까지 입증이 됐다.

이제 소울 스톤 하나의 가치는 1조 원을 우습게 넘길 것 같았다.

각국 정부와 정보기관에서는 소울 스톤을 구하는 방법을 알아내기 위해 전력을 다하기 시작했다.

하지만 별다른 성과를 얻지 못할 것이다.

최치우가 아니고서는 그 누구도 정령을 찾아낼 수 없을 게 뻔하기 때문이다.

설령 우연히 정령의 존재를 보게 되어도 현대의 무기로는 절대 소멸시킬 수 없다.

결국 CIA나 모사드, MI6가 아무리 용을 써도 소울 스톤을 얻는 게 불가능하다는 뜻이다.

희소성과 품귀 현상까지 더해진 소울 스톤의 진정한 가치는 과연 얼마일까.

누구도 자신 있게 계산할 수 없다.

다만 올림푸스의 주가는 시장을 마비시킬 정도로 연일 상한

가를 때리고 있었다.

올해가 끝나기 전 시가총액 100조 원을 돌파하겠다는 최치우의 말은 허풍 같았다.

그러나 허풍이 현실로 변하는 광경을 모두 지켜보고 있었다.

아직 100조 원은 멀었지만, 이 추세라면 올해를 넘기기 전 마의 벽을 뚫을지 모른다.

사람들의 관심과 인기로 따지면 올림픽 100m 달리기 금메달을 이길 수 있는 뉴스가 거의 없다.

하지만 전세계 국가와 사회에 끼치는 영향력 측면에서 소울스톤 발전소 준공은 핵폭탄급 사건이었다.

올림푸스가 터뜨린 광명발 폭탄이 지구를 뒤흔들고 있었다.

최치우의 8월은 단순히 뜨겁다는 말로 설명하기 어려웠다.

그는 주위의 모든 것을 녹여 버릴 기세로 태양처럼 타오르고 있었다.

*　　　*　　　*

올림푸스 홍보팀은 격무에 시달리는 것으로 유명하다.

하루에도 수십, 수백 통의 취재 요청 전화가 걸려온다.

최치우의 개인 인터뷰는 대부분 거절하지만, 회사의 공식 자료와 발언을 요구하는 것까지 막을 수는 없다.

올림푸스 초창기부터 함께 고생한 김지연 홍보팀장은 늘 그렇듯 팀원들과 함께 열일 중이었다.

홍보팀은 영어, 일어, 중국어 등 각종 외국어에도 능숙할 수밖에 없었다.

올림푸스의 본사는 여의도에 있지만, 명실상부 글로벌 기업답게 해외 매체에서도 취재 요청 전화와 메일이 끊이지 않기 때문이다.

물론 일이 힘든 만큼 대우는 화끈하다.

보통 어느 회사나 홍보 인력은 좋은 대우를 받지 못한다.

그러나 올림푸스 홍보팀은 업계 최고 대우를 받으며 남들이 부러워하는 커리어를 쌓는다.

그냥 명목적인 업계 최고 대우가 아니었다.

업계 2위와의 격차도 어마어마하다.

사실 연봉과 사내 복지 조건을 떠나 올림푸스 직원들은 최치우의 팬클럽이나 마찬가지다.

불세출의 영웅으로 꼽히는 최치우와 함께 세상을 바꾼다는 기쁨, 그게 바로 엄청난 대우보다 더 중요한 동기였다.

김지연 팀장은 오늘도 그런 보람을 느꼈다.

다양한 국가의 주한대사관에서 최치우와 미팅을 하고 싶다는 연락이 쏟아졌기 때문이다.

주한 미국 대사관, 일본 대사관, 중국 대사관 등 주요 강대국을 비롯해 러시아, 독일, 프랑스 등 이루 헤아리기 힘들 정도로 많은 대사관의 연락을 받았다.

당연히 주한 대사들이 직접 최치우를 만나길 원했다.

최치우가 움직이면 미국 대통령이나 중국 국가주석도 만날 수 있다.

그러나 한국에서는 각 나라를 대표하는 얼굴이 주한 대사다.

한국 내 최고의 책임자들이 최치우와 미팅 약속을 잡기를 간절히 원하는 것이다.

안건은 비슷비슷했다.

광명에 세운 소울 스톤 발전소를 자기 나라에 유치할 수 있을지 알아보려는 것 같았다.

올림푸스 입장에서도 나쁠 게 없는 제안이다.

아도니스의 소울 스톤에서 에너지를 추출하는 데 성공하면 두 번째 발전소를 지어야 한다.

세계 최초의 소울 스톤 발전소는 광명에 지었다.

그렇기에 두 번째 발전소까지 꼭 한국에 지으라는 법은 없다.

만약 다른 나라에서 획기적인 제안을 한다면 고민해 봄 직하다.

"대표님, 여기 이번 주 정리한 리스트예요."

김지연 팀장이 직접 프린트를 해서 대표실 문을 두드렸다.

최치우는 그녀가 건네준 서류를 읽으며 질문을 던졌다.

"모든 대사관과 전부 미팅을 할 수는 없고… 우리에게 도움이 될 만한 제안을 추려야 되는데. 홍보팀 입장에서 추천해 줄 방법이 있습니까?"

"우선 미국, 중국, 독일처럼 주요국과는 향후 관계를 위해서라도 미팅을 하는 게 좋지 않을까 싶어요. 그리고 나머지 국가들은 임동혁 이사님께 일임하는 건 어떠세요? 전화로 제안 내용을 알아보다간 자칫 서로 오해가 생길 수 있을 것 같아요."

꽤 까다로운 질문이었지만 김지연 팀장은 막힘 없이 대답했다.

그녀 역시 팀장이라는 준임원급 직위를 맡기엔 어린 편이다.

그럼에도 최치우가 100% 신뢰하는 이유를 매일 증명하고 있었다.

"좋습니다. 미팅 리스트 2개로 나눠서 올려주세요. 최종 조율은 내가 임 이사님과 직접 하겠습니다."

"네, 대표님."

김지연 팀장이 밝은 얼굴로 인사를 하고 돌아섰다.

최치우는 그녀가 남기고 간 리스트를 다시 보며 미소를 지었다.

올림푸스는 남아공 본부를 통해 아프리카에 진출했다.

퓨처 모터스를 인수하며 자연스레 실리콘밸리와 미국으로도 진출한 셈이다.

이제 훨씬 큰 파급력을 지닌 소울 스톤을 무기 삼아 전세계로 진출할 수 있는 기회가 열렸다.

에너지 수급을 틀어쥐게 되면 사실상 그 나라를 반쯤 지배하는 것이나 다름없다.

과연 어디에 또 올림푸스의 깃발을 꽂게 될까.

최치우의 미소가 짙어지는 만큼, 올림푸스의 울타리도 넓어지고 있었다.

* * *

최치우는 저녁 식사 시간에 맞춰 주한 독일 대사관을 찾았다.

업무 시간이 지났지만, 일부러 의도한 것이다.

만약 대낮에 주한 독일 대사관을 방문하면 금방 소문이 퍼질 게 분명하다.

최치우의 일거수일투족은 온 국민의 관심을 받고 있다.

바르셀로나 올림픽 이후 그는 어떤 연예인보다 뜨거운 인기를 누리게 됐다.

덕분에 불편해진 점도 많았다.

연예인들처럼 사생활 관리는 물론이고, 공적인 미팅도 보안 유지를 위해 몇 배는 더 신경을 써야 했다.

"이렇게 초대를 받아주셔서 진심으로 고맙습니다."

대사관 연회실에서는 주한 독일 대사가 만찬을 차려놓고 최치우를 기다렸다.

초짜 외교관 시절부터 한국과 오래 인연을 맺어온 주한 독일 대사는 인상 좋은 중년인이었다.

독일인답게 키도 크고, 이목구비도 큼직해서 성격까지 시원시원할 것 같았다.

최치우는 가벼운 목례로 독일 대사의 환영에 답했다.

"처음 뵙겠습니다. 환대에 감사드립니다."

두 사람은 통역을 끼지 않고 영어로 대화했다.

넓은 연회실에는 독일 대사뿐 아니라 몇몇 직원들이 더 앉아 있었다.

비공식 방문이지만 주한 독일 대사관에서는 최고의 예우로 최치우를 대접하려는 기색이 역력했다.

"그럼 편하게… 우리가 자랑하는 맥주부터 들면서 이야기를 나눌까요? 와하하하하!"

"평소 독일 맥주와 음식의 팬이었습니다. 기대를 많이 하겠습니다."

"서울의 어떤 독일 레스토랑보다 우리 대사관 음식이 나을 겁니다. 드시지요!"

최치우는 테이블에 앉아 맥주를 마셨다.

식탁 위에는 독일식 족발인 슈바인 학센을 비롯해 각종 햄과 소시지들이 비좁을 만큼 가득 차려져 있었다.

상차림을 보면 진심을 알 수 있다.

독일 전통 음식의 경우 며칠 동안 준비해야 하는 것도 적지 않다.

독일 대사관에서 최치우를 위해 얼마나 정성을 기울였는지 식탁에서 드러났다.

최치우는 독일 맥주와 슈바인 학센에 감탄하며 만찬을 즐겼다.

인상처럼 성격도 화통한 시몬 드로빅 독일 대사와 이런저런 이야기도 나눴다.

서로에 대해 잘 알면 알수록 깊이 있는 협상을 빨리 진행시킬 수 있다.

시몬 대사가 최치우를 초대한 이유는 보나마나 소울 스톤 발전소 때문일 것이다.

최치우는 과연 독일이 어떤 제안을 할지 궁금해하며 식사와 대화를 이어갔다.

"좀 어떻습니까? 우리 음식은."

"대사님 말씀처럼 서울에서는 도저히 맛볼 수 없는 음식입니다. 사진이라도 찍어서 기념해야 할 것 같군요."

"하하하! 최 대표님도 혹시 인스타그램이나 페이스북을 하십니까?"

"하고 싶어도 못 합니다. 괜한 구설수는 안 만드는 게 좋다는 홍보팀의 권유를 받아들였습니다."

"역시 현명하십니다. 그러니 24살에 올림푸스와 퓨처 모터스를 이끄는 거겠지요."

최치우의 한국 나이는 25살이다.

하지만 세계 공통으로 쓰이는 만 나이로는 24살이 맞다.

최치우는 시몬 대사의 칭찬을 듣고 미소를 지었다.

너무 많이 듣는 이야기라 새삼스러울 것도 없었다.

그런데 이어진 시몬 대사의 말은 최치우의 뇌리를 강하게 자극했다.

"제가 살면서 본 최고의 천재는 메르켈이었습니다. 그런데 최 대표님 덕분에 생각이 바뀌었습니다. 24살에 전기차와 소울스톤으로 세계를 바꾸는 기업인이 있다니……. 한국은 참 복도 많은 나라입니다."

"메르켈? 메르켈 총리님을 말씀하시는 건가요."

최치우가 흥미로운 표정으로 질문을 했다.

시몬은 독일의 총리 메르켈을 무척 편하게 언급했다.

메르켈은 독일 국민들의 절대적 지지를 받으며 10년 가까이 유럽의 맹주로 군림하고 있다.

독일뿐 아니라 유럽 전체를 이끄는 지도자라 해도 과언이 아닌 여걸(女傑)이다.

"다른 메르켈이 또 있겠습니까? 얼마 전 직접 전화를 걸어 자랑도 했습니다. 최 대표님을 직접 만나게 됐다고. 메르켈도 부러워하지 뭡니까, 하하하하!"

시몬 대사가 없는 말을 지어내는 것 같진 않았다.

최치우는 조심스레 둘의 관계를 물었다.

"혹시 메르켈 총리와 어떤 사이인지 여쭤봐도 실례가 아닐까요."

"아, 메르켈과는 어려서부터 같은 동네에서 컸습니다."

"그럼 동네 친구?"

"제 사촌 누나입니다. 아주 자세히 보면 약간은 닮은 구석이 있습니다."

시몬 대사가 익살스러운 표정을 지었다.

최치우는 놀라움을 감추며 고개를 끄덕였다.

그러나 속으로는 쾌재를 불렀다.

'메르켈 총리의 사촌 동생! 그럼 단순히 주한 대사 레벨이 아니다. 독일 총리의 메시지를 직접 전달받을 수 있겠군.'

오늘 미팅에 대한 기대감이 커졌다.

대사는 고위 외교관이지만 협상을 주도하기 힘들다.

중요한 사안은 본국의 결재를 받아야 되기 때문이다.

하지만 총리의 사촌 동생이라면 더 많은 재량권을 갖고 있을 것이다.

어쩌면 미국이나 중국이 아닌 유럽의 맹주 독일이 소울 스톤 발전소를 설립하기 위해 가장 적극적으로 나설지 모른다.

최치우는 반쯤 비운 맥주잔을 들었다.

"아주 특별한 밤이 될 것 같군요. 한국과 독일의 우호를 위해."

시몬 대사도 잔을 들고 건배로 화답했다.

올림푸스가 유럽의 에너지 시장을 장악할 날도 머지않은 것 같았다.

*　　　*　　　*

최치우는 9월 한 달 동안 주한 독일 대사를 비롯해 미국 대사, 중국 대사 등 주요국 대사들을 돌아가며 만났다.

보안을 지키기 위해 노력했지만 소문이 흐르는 걸 원천 봉쇄 할 수는 없었다.

그리고 소문을 완전히 막을 필요도 없다.

대사들과 만나는 현장이 기사로 나가면 향후 행보가 불편해진다.

하지만 모두 만난 다음이면 소문이 나도 크게 상관이 없다.

정계와 재계에서는 올림푸스가 외국에 소울 스톤 발전소를 지으려 한다는 소문이 돌기 시작했다.

발 빠른 기자들도 냄새를 맡았고, 정부 고위 관계자들도 촉각을 곤두세웠다.

올림픽이 끝나고 8월에 준공식을 가진 광명의 소울 스톤 발전소는 아무 문제 없이 돌아가고 있다.

한 달 넘게 작은 사고도 터지지 않았고, 전력 생산량도 안정적이었다.

내년부터 광명 뉴타운의 아파트 입주가 시작되면 다들 소울 스톤 발전소의 혜택을 보게 될 것이다.

그렇기 때문에 소울 스톤의 주가는 끝을 모르고 뛰는 중이다.

소울 스톤 발전소 덕분에 올림푸스 시가총액은 올림픽 이전과 비교해서 50% 넘게 올랐다.

이미 20조 원 규모의 시가총액을 가진 기업 주가가 한 달 남짓한 기간 동안 50% 뛰는 것은 기형적인 사건이다.

주식시장에서 여러 번 브레이크를 걸 정도로 난리가 났다.

제우스 S를 멋지게 선보인 퓨처 모터스 주가도 덩달아 폭등했다.

최치우의 공언대로 시총 100조가 멀게 느껴지지 않았다.

벌써 올림푸스와 퓨처 모터스의 시총을 합하면 70조 원을 넘었기 때문이다.

"그거 들었어? 올림푸스에서 미국에 발전소를 지을 거라던데."

"미국? 난 중국이라고 들었는데. 중국에서 발전소 하나만 지어주면 순이익 10조를 보장해 주는 빅딜을 제시했다고."

"순익 10조 원? 그게 말이 되나?"

"이 사람아, 소울 스톤 발전소는 말이 되나. 말이 안 되는 걸 지어주면 그만한 대가를 치러야지."

"그것도 그렇네……. 정부도 똥줄이 타겠구먼."

"그렇지. 광명에 발전소를 지으면서 정부가 특혜를 제공했다고 생색을 냈었는데, 알고 보니 올림푸스가 애국을 한 셈이지."

"이왕이면 두 번째 발전소도 우리나라에 지어주면 좋겠지만, 세계로 뻗어가는 모습도 보고 싶고."

여의도 증권가에 모인 사람들이 담배를 태우며 떠도는 이야기를 주고받았다.

금융의 중심지 여의도는 소문이 가장 빠르게 도는 장소다.

오죽하면 연예계 찌라시의 생산지도 여의도 금융가이겠는가.

정보에 죽고 정보에 사는 증권맨들은 어설퍼도 작은 첩보원이나 마찬가지다.

증권맨들 사이에 이야기가 돌면 곧 기사가 터진다는 뜻이다.

정확히 어느 나라인지는 몰라도 올림푸스가 외국과 발전소 건립을 두고 협상을 한다는 기사는 금방 수면 위로 올라올 것 같았다.

홍보팀으로 문의를 하는 기자들도 있었다.

그러나 올림푸스 홍보팀은 묵묵부답 침묵을 지켰다.

웬만한 질문 공세도 다 받아주지만, 외국과의 협상은 엄청나게 민감한 문제다.

최치우가 먼저 입을 열기 전까지 선불리 입장을 밝힐 수 없다.

수면 아래에서 정부, 언론, 재계 모두에게 궁금증을 불러일으킨 최치우는 때를 기다리고 있었다.

그는 독일 정부로부터 어마어마한 제안을 받았다.

단순히 고위 외교관인 주한 독일 대사가 할 수 없는 수준의 제안이었다.

얼마 전 저녁 식사 자리에서 시몬 대사는 사촌 누나인 메르켈의 메시지를 전해줬다.

이후 최치우는 메르켈 총리와 직접 통화를 하며 대략적인 조건을 합의했다.

문제는 소울 스톤이다.

독일에서는 광명에 지은 소울 스톤 발전소 수준의 에너지 생산을 원했다.

샐러맨더의 소울 스톤을 뛰어넘기 위해서는 아도니스의 소울 스톤을 개발하는 수밖에 없다.

최치우는 김도현 교수에게 특급 미션을 내렸다.

아도니스의 소울 스톤에서 에너지를 추출할 수 있을지 최대한 빨리 결론을 내라는 것이다.

원래는 전혀 재촉하지 않고 시간을 줬다.

하지만 상황이 변했다.

아도니스의 소울 스톤을 개발하면 바로 독일 정부와 협상을 진행시킬 수 있다.

만약 실험 과정에서 아도니스의 소울 스톤이 깨지면 급하게 대안을 찾아야 한다.

어느 쪽이든 당장 결론을 내야 될 상황이었다.

김도현 교수도 당황하지 않고 최치우의 지시를 받아들였다.

글로벌 비즈니스 세계는 1분 1초 급박하게 변한다.

독일 정부에서 매력적인 제안을 했는데 무조건 기다리라고 할 수는 없다.

미래 에너지 탐사대는 올림푸스를 위해 존재하는 연구 기관이다.

평소에는 올림푸스가 막대한 투자를 하고, 무한에 가까운 자유를 보장해 준다.

그만큼 올림푸스에서 필요로 할 때 미래 에너지 탐사대도 기대에 부응하는 모습을 보여줘야 한다.

과연 올림푸스가 독일에서도 잭팟을 터뜨릴 수 있을지.

첫 번째 고비는 김도현 교수의 손에 달렸다.

최치우는 초조해하지 않고 김도현 교수의 전화가 오기를 담담히 기다리고 있었다.

*　　　*　　　*

“교수님!”

최치우의 목소리가 유독 밝았다.

일주일 넘게 기다리던 전화를 받았기 때문이다.

그는 혹시 부담을 줄까 봐 김도현 교수에게 연락도 하지 않았다.

빨리 결과를 내라는 미션을 주고 끝이었다.

그 후 김도현 교수는 감감무소식이었다.

그러다 거의 열흘 만에 전화가 온 것이다.

최치우의 음성이 반가움으로 높아질 수밖에 없었다.

—치우 군, 좋은 소식과 안 좋은 소식이 있어요.

김도현 교수가 인사를 생략하고 말했다.

갑자기 타이트해진 스케줄 탓에 김도현 교수와 연구진은 연일 밤을 지새웠다.

목소리만 들어도 피곤한 기운이 느껴졌다.

최치우는 흥분을 가라앉히며 질문을 던졌다.

“좋은 소식 먼저 듣겠습니다.”

—붉은 소울 스톤과는 다른 방식으로 에너지를 추출할 방법을 찾아냈어요. 가설에 불과하지만, 이론적으로 틀림이 없을 거예요.

김도현 교수는 함부로 확언을 내뱉지 않는다.

그는 최치우가 아는 사람들 중에서 가장 신중한 사람이다.

따라서 김도현 교수가 방법을 찾았다면 의심할 필요가 없었다.

최치우는 한쪽 주먹을 불끈 쥐며 대답했다.

"이보다 더 좋은 소식이 어디 있겠습니까? 나쁜 소식이 무엇이든 다 감당할 수 있습니다."

―나쁜 소식은… 우리가 세운 가설을 실행하기 힘들다는 것이지요.

청천벽력 같은 소리다.

가설은 완벽한데 실행하기 어렵다는 말이었다.

결국 방법이 없다는 뜻 아닌가.

보통 사람 같으면 말장난을 하는 거냐며 화를 냈을지 모른다. 그러나 최치우는 일희일비(一喜一悲)하는 풋내기가 아니다.

실망하는 것은 자초지종을 다 듣고 난 다음에라도 늦지 않다.

"어떤 방법을 찾으셨습니까? 이론이 완벽하다면 실행은 제가 무슨 수를 써서라도 해내겠습니다."

―간단히 설명할게요. 붉은 소울 스톤에는 초고강도 레이저를 쏴서 열에너지를 분출시켰지요.

"네, 교수님."

―푸른 소울 스톤은 치우 군의 조언대로 붉은 소울 스톤과는 다른 속성을 지니고 있어요. 열에너지가 아니라는 뜻이에요.

최치우는 고개를 끄덕였다.

김도현 교수에게 일일이 알려줄 순 없지만, 불의 정령에서 얻은 샐러맨더의 소울 스톤과 물의 정령에서 얻은 아도니스의 소울 스톤은 다른 게 당연하다.

최치우가 가만히 귀를 기울이자 김도현 교수가 설명을 계속했다.

—그러나 붉은 소울 스톤을 능가하는 원천적 에너지를 확인했고, 한 번에 순수한 전력을 뽑아내야 해요.

"중간 과정을 거치지 않아야 된다는 말씀이시군요."

—바로 그거예요. 붉은 소울 스톤은 열에너지를 뿜어내고, 그로 인한 증기로 전력을 생산하게끔 발전소를 만들었죠. 하지만 푸른 소울 스톤에서는 곧바로 전력을 추출할 수 있을 것 같아요. 다만 그러기 위해서는 초고강도 레이저와는 비교할 수 없는, 엄청나게 강력한 자극을 중심부에 가해야만 하지요.

복잡하지만 한편으로는 간단한 이야기다.

물의 속성을 지닌 아도니스의 소울 스톤은 즉각적으로 사용할 수 있는 전력을 내포하고 있다.

물은 원래 뇌전(雷電)을 증폭시키는 통로 역할을 한다.

그렇기 때문에 아도니스의 소울 스톤에 담긴 무궁무진한 에너지가 전기 형태로 분출되는 것 같았다.

그러나 현대 문명의 정수인 초고강도 레이저로는 충분한 자극을 가할 수 없다.

김도현 교수의 말처럼 방법은 찾았지만 실행에 옮기기 어려운 것이다.

현대 과학에서는 초고강도 레이저보다 강력하고 정확한 기술을 찾기 힘들다.

—더 좋은 소식만 전해줘야 하는데……. 당장은 이게 현실이에요.

"만약 레이저로 중심부를 자극하면 어떻게 될까요?"

—충분한 자극을 받지 못해 소울 스톤이 에너지를 분출하지 않겠지요. 그 과정에서 거부 반응이 일어나면 산산조각이 날 수도 있어요, 지난번 실험한 작은 소울 스톤처럼.

김도현 교수는 운딘의 소울 스톤을 파괴시켰었다.

최치우는 개의치 말라고 했지만 미래 에너지 탐사대에게는 은근히 트라우마로 남은 모양이다.

실험 실패로 극도의 희소성을 지닌 소울 스톤이 산산조각 나면 누구라도 멘탈을 잡기 어려울 것이다.

천하의 김도현 교수도 예외는 아니었다.

연구자에게 실험 실패는 영원히 익숙해질 수 없는 고통이었다.

"교수님."

최치우의 목소리에 힘이 들어가 있었다.

지난 실패에 연연하기엔 시간이 너무 아깝다.

"초고강도 레이저보다 더 강하고 정확한 힘으로 소울 스톤의 중심부를 자극하면 되는 거죠?"

—이론적으로는 그래요. 아마 그 순간 푸른 소울 스톤의 내

부에서 껍질이 열린 것처럼 계속 전력 에너지를 발산하게 될 거예요.

"한 번만 자극하면 충분합니까?"

―맞아요. 붉은 소울 스톤은 꾸준한 레이저 자극으로 열에너지를 뿜어내게 만들지만, 푸른 소울 스톤은 특성이 다른 거 같아요. 한 번의 완벽한 자극 이후 계속 전력을 분출할 것이기에 보관부터 신경을 써야겠지요.

"알겠습니다. 그럼 준비를 해주십시오."

―무슨… 준비를 말인가요?

"초고강도 레이저를 뛰어넘는 자극을 가하겠습니다. 그때부터 푸른 소울 스톤이 전력을 뿜어내면 안전하게 보관할 수 있는 준비를 부탁드립니다."

최치우가 자신감 넘치는 어조로 말했다.

그에게는 남들이 모르는 비밀스러운 무기가 있다.

바로 자기 자신이다.

무공과 마법을 조화시키면 현대 과학이 만든 초고강도 레이저보다 훨씬 강력한 힘을 발휘하는 게 어렵지 않다.

김도현 교수는 영문을 모르겠다는 반응이었다.

―정말 방법이 있는 건가요, 치우 군?

"저를 믿고 준비만 해주시면 됩니다."

―알겠어요. 그럼 치우 군이 말한 대로 준비를 할게요.

"며칠 안에 뵙겠습니다."

전화를 끊은 최치우는 두 손바닥을 접었다 폈다.

단전에서 잠자고 있는 내공은 바위를 부수고 남을 정도다.

금강나한권은 절정에 이르렀고, 새로 익히기 시작한 권왕의 아랑권도 나날이 늘고 있다.

게다가 무공뿐 아니라 마법까지 조화를 시킬 수 있다.

무공과 마법의 조화는 이전 차원에서도 시도하지 못한 새로운 경지다.

"아무리 그래도… 내가 레이저보다는 강하겠지?"

최치우는 혼잣말을 읊조리며 피식 웃음을 터뜨렸다.

현대의 초고강도 레이저는 결코 만만한 기술이 아니다.

그러나 레이저 정도는 가뿐히 극복해야 한다.

최치우는 내공과 마법의 힘을 응축시켜 아도니스의 소울 스톤에 집중할 작정이었다.

성공만 하면 독일에 소울 스톤 발전소를 짓게 된다.

더불어 물 속성 소울 스톤에서 에너지를 추출하는 방법을 확실하게 찾는 셈이다.

불 속성 소울 스톤은 레이저로 자극해 열에너지를 뽑고, 물 속성 소울 스톤은 최치우의 힘으로 전력을 개방시키는 것이다.

"바람과 대지 속성의 소울 스톤을 얻어도 알맞은 방법을 찾게 되겠지. 이렇게 한 걸음씩 나가다 보면."

최치우는 상황을 낙관했다.

김도현 교수가 가져온 좋은 소식은 말 그대로 희소식이었고, 나쁜 소식은 해결이 가능할 것 같았다.

"독일이다, 독일."

유럽의 맹주를 에너지로 장악한다.

올림푸스의 비즈니스 스케일은 하루가 다르게 커지고 있었다.

*　　　　*　　　　*

파직— 파지직—!

아무도 없는 실험실 안, 최치우의 주먹에서 뇌전 같은 기운이 튀고 있었다.

그는 내공을 극도로 끌어올리며 오른손에 힘을 실었다.

곧이어 마법까지 펼칠 작정이었다.

눈앞의 거치대에 놓인 오묘한 푸른빛 소울 스톤을 자극하기 위해서다.

'베네수엘라에서 목숨 걸고 싸웠던 게 생각나는군.'

최치우는 최상급 물의 정령 아도니스를 소멸시키기 위해 진땀을 흘렸다.

하마터면 크게 낭패를 볼 뻔했다.

그렇게 갖은 고생을 하고 얻은 소울 스톤을 허무하게 날릴 수는 없다.

이제 몇 분 안에 결과가 나올 것이다.

독일 총리 메르켈의 러브 콜에 화답할 수 있을지, 아니면 다른 소울 스톤을 찾을 때까지 기다려 달라고 해야 할지.

저벅저벅—

최치우가 아도니스의 소울 스톤을 향해 걸어갔다.

운명의 순간이 도래했다.

그는 내공을 가득 담은 손으로 소울 스톤을 거머쥐었다.

"인페르노—!"

동시에 6서클 화염 마법을 캐스팅했다.

단전에서 솟아오른 내공과 자연에서 빌린 마나가 하나로 모아졌다.

화아악!

콰드드드득—!

최치우의 힘이 아도니스의 소울 스톤을 강타했다.

쏴아아아아아—!

눈부신 섬광이 실험실을 가득 채웠다.

최치우도, 소울 스톤도 푸른 광채에 휩싸여 제대로 보이지 않았다.

8장
유럽 진출

이변이 일어났다.

세계 최고 수준의 과학자들이 모인 미래 에너지 탐사대는 기적 같은 결과에 놀랐다.

초고강도 레이저보다 강하고 정밀하게 소울 스톤을 자극한 것이 대체 무엇인지 궁금해했다.

하지만 비밀을 알려줄 수 없었다.

최치우가 직접 무공과 마법을 조화시켜 아도니스의 소울 스톤을 자극했다고 말할 수 없는 노릇이다.

김도현 교수를 비롯한 연구진은 이변이라 여겼지만, 최치우에게는 당연한 결과였다.

극강의 내공과 6서클 마법을 동시에 뿜어냈는데 힘이 모자

랄 리 없다고 믿었다.

정교한 자극을 받은 아도니스의 소울 스톤은 진면목을 보여줬다. 허물을 벗고 본연의 에너지를 발산하기 시작한 것이다.

최치우의 호출을 받은 김도현 교수는 안전복을 갖춰 입고 실험실 안으로 들어왔다.

그는 미리 준비해 둔 최첨단 절연 상자로 아도니스의 소울 스톤을 봉인했다.

결국 김도현 교수의 가설대로 됐다. 한 번 자극을 받은 아도니스의 소울 스톤은 계속해서 순수한 전력을 방출하고 있었다. 샐러맨더의 소울 스톤과는 완전히 다른 특성이었다.

어쨌든 김도현 교수의 연구 덕분에, 그리고 최치우의 확실한 마무리 덕분에 올림푸스는 값을 따질 수 없는 보물을 얻었다.

임시로 봉인해 둔 아도니스의 소울 스톤만 있으면 제2의 발전소를 지을 수 있다. 광명과 달리 발전소 건립 기간도 단축될 것 같았다. 레이저 시스템이나 열병합 발전 시스템을 구축할 필요가 없기 때문이다.

그저 순수한 전력 에너지를 받아들여 실제 사용이 가능하게 변환하는 시스템만 갖추면 된다.

최치우는 독일 정부와 협상을 이어나갈 최적의 카드를 손에 넣었다. 조건이 맞지 않으면 억지로 독일에 소울 스톤 발전소를 지을 필요는 없다.

유럽 진출이라는 상징성보다 중요한 것은 실리다.

게다가 최상급 물의 정령을 언제 또 찾을 수 있을지 모른다.

"아무래도 더 세게 불러야겠어."

최치우는 조건을 올리기로 작정했다.

애초에 독일 정부가 시몬 대사를 통해 제안한 조건도 파격적이었다. 메르켈 총리가 친환경 발전을 핵심 공약으로 삼았기 때문이다.

그러나 파격적인 조건 정도로는 만족할 수 없었다.

최치우는 유럽의 맹주 메르켈도 심란하게 만들 만큼 압도적으로 남는 장사를 하고 싶었다.

그렇지 않으면 두고두고 아도니스의 소울 스톤이 아까울 것 같았다.

"진검 승부다."

최치우는 재미있는 협상이 전개될 거라 예상했다.

메르켈 총리는 세계에서 가장 협상을 잘하는 정치인으로 유명하다.

그녀가 아니었으면 독일을 중심으로 한 유럽연합 체제는 진즉 붕괴됐을지 모른다.

최치우도 비즈니스 협상에서 원하는 것을 얻지 못한 적이 단 한 번도 없었다.

협상의 귀재들이 두 번째 소울 스톤 발전소를 놓고 한 테이블에 앉게 됐다.

그 결과에 따라 세계의 판도가 바뀔 것 같았다.

*　　　*　　　*

독일은 전범 국가라는 원죄를 짊어지고 있다.

폐허가 된 국토, 엄청난 전쟁 보상금, 그리고 독일인들을 향한 따가운 눈총까지.

제이차세계대전 이후 거대한 영토를 지닌 독일이 다시 일어서는 것은 불가능해 보였다.

그러나 독일은 기적을 썼다.

한강의 기적보다 앞선 원조가 바로 라인강의 기적이다.

말 그대로 기적적인 경제 부흥을 이뤄낸 독일은 서독과 동독의 통일이라는 역사적 이벤트까지 성공시킨다.

이후 낙후된 동독 때문에 통일 독일의 경제가 잠시 휘청거렸지만, 독일 사람들은 이를 악물고 힘을 모았다.

근검절약의 대표 주자로 독일이 떠올랐고, 통일 덕분에 가용할 수 있는 인적 자원은 넘쳐났다.

오죽하면 일손이 모자라 한국에서도 광부와 간호사를 파견해 줄 정도였다.

반세기 만에 유럽의 맹주로 급부상한 독일은 전쟁을 일으켰다는 원죄를 의식해서인지 대의(大義)를 중시하려 노력했다.

아프리카와 중동의 난민들을 적극적으로 받아들이고, 그리스나 스페인처럼 경제가 어려운 남유럽 국가들을 위해 채무를 보증해 줬다.

덕분에 독일의 정치적 영향력은 계속해서 높아지고 있었다.

미국이 세계의 경찰이라면 독일은 유럽의 맹주라는 사실을 부정할 사람은 아무도 없을 것이다.

독일은 메르켈이라는 여성 정치인의 장기 집권을 받아들이며 순항 중이었다.

하지만 메르켈은 두 가지 도전에 직면하고 있었다.

첫 번째가 바로 흔들리는 유럽연합이다.

영국이 브렉시트를 통해 EU에서 빠져나가게 됐고, 그리스와 스페인 같은 남유럽도 지속적으로 불만을 제기한다.

프랑스 역시 EU의 결정을 따르지 않고 독자적인 목소리를 내려는 기색이 역력하다.

독일 중심으로 뭉친 유럽연합을 지켜내는 데 메르켈의 정치생명이 걸렸다고 해도 과언이 아니었다.

두 번째 도전은 바로 에너지다.

독일은 원자력 발전을 전면 금지한 세계 최초의 선진국이다.

핵폭발 위험성이 있는 원자력 대신 다양한 대체에너지를 개발하고 있다.

물론 독일 국민들의 1인당 전력 소비량이 워낙 낮기에 가능한 시도였다.

그럼에도 불구하고 곳곳에서 파열음이 나는 것을 완전히 막을 순 없었다.

대체에너지의 효율은 한참 부족하고, 결국 원자력 대신 장려한 화력 발전이 환경을 더 오염시킨다는 주장도 메르켈을 괴롭혔다.

만약 이대로 3년이 지나면, 또는 5년이나 10년이 지나면 독일 국민들의 불만이 폭발할지 모른다.
난민 문제와 EU 문제만 해도 골치가 아프다.
그런데 에너지 문제까지 발목을 잡으면 메르켈도 낙마할 수 있다.
메르켈에게 소울 스톤 발전소는 사막의 오아시스나 다름없었다.
독일이 유독 놀라운 제안을 한 것은 이런 배경이 있기 때문이다.
목 마른 사람이 우물을 판다.
메르켈은 갈증으로 힘겨워하고 있다.
최치우는 아도니스의 소울 스톤에서 에너지를 추출하며 시원한 우물을 손에 쥐었다.
두 사람의 협상은 평행선에서 이뤄지기 힘들었다.
"대표님, 그래도 이 조건은 너무……."
주한 독일 대사인 시몬 드로빅이 난색을 표했다.
최치우는 새로 수정한 올림푸스의 제안서를 내밀었다.
올림푸스는 독일 정부에서 먼저 제시했던 조건에 몇 가지 추가 조약을 덧붙였다.
이미 파격적인 제안을 했다고 여긴 시몬 대사는 당황할 수밖에 없었다.
"대사님, 총리께 연락을 부탁드립니다."
최치우는 시몬 대사가 결정하기 힘든 상황임을 알고 있었다.
이만한 빅딜은 총리가 직접 나서서 결단을 내려야만 한다.

메르켈도 정치적 위상을 걸고 진행해야 하는 모험이다.

시몬 대사는 고개를 끄덕였다.

그러나 표정이 밝지는 않았다.

"최 대표님, 만약 우리가 이 조건을 받아들이게 되면… 메르켈도 독일 국내에서 상당한 비난 여론을 감수해야 될 겁니다. 외국 기업에게 이렇게까지 특혜를 제공한 사례는 없었기에."

"특혜가 아니라 기회입니다."

최치우는 미소를 지은 채 자신의 의견을 확실히 밝혔다.

시몬 대사는 말을 잃었다.

최치우의 당당함은 상대를 위축시킨다.

근거 없는 당당함이라면 얼마든지 깨부술 수 있다.

시몬 역시 산전수전 다 겪은 외교가의 거물이다.

그러나 최치우의 당당함 뒤에는 부정할 수 없는 근거가 자리 잡고 있다.

실제로 최치우는 오늘도 아도니스의 소울 스톤이 뿜어내는 전력 데이터를 갖고 왔다.

올림푸스가 원하는 조건만 내민 게 아니었다.

아도니스의 소울 스톤으로 독일이 얻을 수 있는 에너지 수치를 보여준 것이다.

메르켈 총리는 진퇴양난의 고민에 빠지게 됐다.

올림푸스의 조건을 보면 일언지하에 거절하고 싶을 게 분명하다.

하지만 소울 스톤 수치를 보면 도저히 포기하기 힘들 수밖에 없다.

어떤 선택을 내려도 독일은 아쉬움을 느낄 것이다.

반면 올림푸스는 손해를 볼 게 없다.

물론 독일처럼 절박한 상황에 처한 국가는 많지 않다.

그래도 아도니스의 소울 스톤을 갖고만 있으면 얼마든지 다른 협상을 이어갈 수 있다.

이미 기울어진 운동장에서 최치우와 메르켈이 곧 만나게 될 것 같았다.

*　　　*　　　*

올림푸스 전용기가 이륙했다.

최치우 단 한 사람을 위해 거대한 비행기가 활주로를 가로질러 하늘 높이 날아올랐다.

비행기를 소유하고, 원하는 때 언제든 하늘을 날 수 있는 삶.

세상에 부자가 아무리 많아도 전용기를 타고 다니는 사람은 드물다.

최치우는 모두가 꿈꾸는 반열에 올랐지만, 여전히 뜨거운 심장으로 전 세계를 종횡무진 누비고 있었다.

그의 나이는 아직 25살이다.

원하는 것도, 이룰 것도 무궁무진하다.

올림푸스와 퓨처 모터스의 시가 총액은 100조 원이라는 벽을 깨기 직전이었다.

100조짜리 기업을 움직이는 CEO이자 최대주주가 바로 최치우다.

그럼에도 불구하고 최치우는 만족을 몰랐다.

세계의 정점에서 세상을 바꾼다.

그 원대한 목표와 비교하면 현재의 성취는 지나가는 과정일 뿐이다.

"하늘 참 맑군."

최치우는 전용기 창밖으로 푸른 하늘을 내려다봤다.

구름 한 점 없는 맑은 하늘이 펼쳐져 있었다.

독일과의 협상 결과를 암시하는 것일까.

"대표님, 식사를 준비해 드릴까요?"

"좀 이따 먹을게요. 대신 위스키 한 잔만 부탁합니다. 발렌타인 30년으로."

"바로 준비해서 올리겠습니다."

전용기에서 기내 서비스를 담당하는 승무원이 최치우의 주문을 받고 돌아갔다.

정해진 시간에 나오는 기내식과 달리 언제 뭘 먹을지 최치우 마음대로 선택하면 된다.

승무원은 국적 항공사에서 스카우트했다.

올림푸스는 퍼스트 클래스만 담당하던 승무원들에게 더 높은 연봉을 안겨줬다.

실제로 전용기가 운항하는 날은 한 달에 열흘도 안 된다.

스카우트당한 승무원들은 신의 직장으로 옮긴 셈이다.
최치우는 한쪽 다리를 꼬고 위스키를 기다리며 혼자만의 비행을 즐겼다.
한국은 세계경제의 중심과는 거리가 멀다.
그러나 올림푸스는 벌써 남아공과 미국을 접수하고 있었다.
이제 유럽으로도 진군할 차례다.
하늘길을 가르는 올림푸스의 전용기처럼, 선봉장이자 군주인 최치우도 막힘없이 나아가고 있었다.

* * *

독일의 항공 관문은 프랑크푸르트 국제공항이다.
올림푸스 전용기도 프랑크푸르트 국제공항에 착륙했다.
베를린 국제공항은 규모가 작은 반면, 항공 수요는 끊이지 않는다.
전용기로 이착륙을 하려면 한참 전부터 미리 신고를 해야 한다.
번거로운 절차를 생략하고 프랑크푸르트에 내린 최치우는 곧바로 고속철도를 이용했다.
독일의 고속철도인 이체(ICE)는 우리나라 KTX의 롤 모델 중 하나였다.
우리나라는 결국 프랑스의 고속열차를 수입했다.
그러나 사실 유럽에서는 프랑스의 떼제베(TGV)보다 독일의 이체가 훨씬 유명하다.

기술력 하면 독일이라는 말은 유럽에서도 통용되고 있었다.

최치우는 새하얀 이체 1등석에 올라타 베를린으로 이동했다.

원래 독일 정부에서는 프랑크푸르트 공항에 의전팀을 보낼 계획이었다.

하지만 최치우가 극구 사양했다.

프랑크푸르트에서 베를린까지 고작 몇 시간이지만, 편안하고 자유롭게 독일의 진면목을 보고 싶었기 때문이다.

금방 베를린에 다다른 최치우는 호텔로 움직였다.

독일 정부의 의전을 사양해서 혼자 이동하는 게 더 재밌었다.

마치 한 번도 가본 적 없는 배낭여행을 하는 기분이었다.

물론 진짜 배낭여행이라면 게스트 하우스의 도미토리 룸에 묵어야 한다.

그러나 최치우는 베를린 중심부 5성급 호텔의 스위트룸으로 들어갔다.

단순히 사치를 부리는 것은 아니다.

안전을 위해서, 그리고 보안 유지와 업무를 위해서 스위트룸은 선택이 아닌 필수였다.

이제 정말 메르켈과의 협상이 코앞으로 다가왔다.

마가렛 대처 이후 새롭게 등장한 철의 여인.

최치우는 유럽의 맹주를 직접 만난다는 사실에 기대감을 감추기 어려웠다.

협상 자체도 중요하지만, 메르켈이라는 정치인의 그릇을 느껴보고 싶었다.

"메르켈 총리도 네오메이슨의 존재를 알고 있겠지?"

최치우가 베를린 시내 전경을 바라보며 혼잣말을 중얼거렸다.

네오메이슨의 돌격대 역할을 하는 에릭 한센은 노르웨이 출신이다.

기득권을 지키려는 그들의 촘촘한 연결망이 미국에 국한돼 있을 리 없다.

분명 유럽에도 그물처럼 손을 뻗어놓았을 것이다.

"그러고 보니 한동안 잠잠했어. 다시 화끈하게 붙을 때가 됐군."

최치우는 네오메이슨과의 일시적 휴전 상태가 머지않아 끝날 거라고 직감했다.

신개념 대체에너지 생산기관인 소울 스톤 발전소가 하나둘 성공적으로 세워지면 네오메이슨이 다시 움직일 것이다.

최치우의 얼굴 위로 짙은 미소가 떠올랐다.

전쟁을 통해 더욱 강해지는 남자, 그는 네오메이슨의 도발을 기다리고 있었다.

*　　　*　　　*

최치우와 메르켈 총리의 미팅은 공식 일정이 아니다.

두 사람이 공식적으로 만난 게 알려지면 온갖 추측성 기사가 쏟아질 것이다.

극비(極秘)까지는 아니지만, 독일 정부에서도 보안 유지를 위해 어느 정도 신경을 썼다.

그렇기에 최치우는 정식 공관이 아닌 곳으로 안내를 받았다.

베를린의 센트럴파크라고 할 수 있는 티어가르텐 근처 주택이 약속 장소였다.

겉모습으로 보면 특별할 게 하나도 없는 주택이다.

내부도 화려함과는 거리가 멀었다.

다만 주택을 관리하는 직원들이 무척 싹싹한 게 인상적이었다.

간단한 다과상을 먼저 받은 최치우는 창밖으로 보이는 티어가르텐 전경을 감상했다.

가을빛으로 물든 베를린의 중앙 공원은 아름답기 그지없었다.

새삼 서울에도 센트럴파크나 티어가르텐처럼 커다란 공원이 도시 중심에 있으면 얼마나 좋을까, 라는 생각이 들었다.

저벅저벅—

그렇게 5분 정도 기다렸을까.

저택 입구에서 누군가 올라오는 기척이 들렸다.

직원들의 발자국 소리는 아니었다.

여러 명이 동시에 계단을 올라오고 있었다.

최치우는 의자에서 일어났다.

아니나 다를까, 문이 열리고 익숙한 얼굴이 방 안으로 들어왔다.

'메르켈이다.'

10년 가까이 독일과 유럽을 이끌고 있는 철의 여인.

메르켈 총리 특유의 무표정한 얼굴을 직접 보자 묘한 기분이 들었다.

한국 대통령을 만날 때와는 또 다른 느낌이다.

세계를 움직이는 지도자를 만나는 게 더 이상 특별하지 않은 일이 된 것이다.

"최 대표님, 반갑습니다."

메르켈이 독일 억양이 잔뜩 묻어나는 딱딱한 영어로 인사를 했다.

최치우는 은은한 미소를 지으며 손을 내밀었다.

"처음 뵙겠습니다, 총리님."

올림푸스 CEO와 독일 총리의 비공식적인 악수가 이뤄졌다.

세상은 언제나 수면 아래에서 움직인다.

두 사람의 만남이 밖으로 드러나게 되면 이미 모든 게 정해진 다음일 것이다.

이윽고 최치우의 시선이 옆으로 움직였다.

메르켈 총리 좌우로 한 사람씩 서 있었기 때문이다.

"우리 정부의 경제 에너지 장관, 그리고 교통부 장관이세요."

메르켈이 담백한 어조로 두 사람을 소개했다.

최치우는 그들과도 인사를 나눴다.

분위기는 시종일관 차분했지만, 사실 무척 놀라운 일이 연속해서 벌어지고 있었다.

독일 총리뿐 아니라 장관 두 명을 한 자리에서 만나게 된 것이다.

'과연 실용성을 중시하는 독일답다. 오늘 미팅에서 협상을 끝내겠다는 의지가 보이는군.'

최치우는 자리에 앉으며 복잡한 생각을 정리했다.

메르켈 총리가 장관 두 명을 대동한 것은 결코 간단한 의미가 아니다.

소울 스톤 발전소를 놓고 벌어진 협상을 확실하게 마무리 짓겠다는 각오가 엿보였다.

속전속결을 좋아하는 최치우와 실용성을 첫 번째 원칙으로 삼는 독일의 특성이 맞아떨어졌다.

어쩌면 의외로 협상이 빨리 끝날 수도 있을 것 같았다.

'수행원도 대동하지 않고, 이렇게 소박한 사저에 총리와 장관 두 명이라니. 이게 독일의 저력인가.'

최치우는 마주 앉은 세 사람을 보며 경계심을 품었다.

겉모습만 봐서는 동네의 평범한 직장인 아줌마, 아저씨다.

대규모 수행원과 경호원은 남의 나라 이야기다.

허례허식에는 아예 관심을 두지 않는다.

총리와 장관이면 국가 권력의 최고 정점에 선 사람들이다.

원한다면 얼마든지 특혜를 누려도 뭐라 할 국민들은 별로 없다.

그럼에도 불구하고 이들은 철저하게 일에만 집중한다.

패전과 통일이라는 난관을 딛고 독일이 유럽의 맹주로 뛰어오른 이유를 알 것 같았다.

"세부적인 조항은 실무진에서 처리하면 될 것이고, 우리가 합의해야 할 몇 가지 사안을 들고 왔습니다."

메르켈은 곧장 본론을 꺼냈다.

다른 협상 테이블처럼 분위기를 풀기 위한 대화 따위는 모두 생략됐다.

그녀는 진정 시간을 금으로 여기는 것 같았다.

최치우는 메르켈이 어떤 이야기를 꺼낼지 짐작하고 있었다.

올림푸스의 조건은 크게 두 가지다.

그 부분만 합의가 되면 소울 스톤 발전소를 독일에 지어줄 수 있다.

"발전소 부지와 건립비, 운영비 일체를 우리가 부담하는 조건은 받아들일 수 있습니다. 그러나 매년 10억 유로를 10년 동안 지급 보증하는 것은……."

메르켈이 말끝을 흐렸다.

항상 똑 부러지게 말하던 것과는 다른 모습이다.

그만큼 올림푸스의 조건이 부담스럽다는 반증이었다.

10억 유로는 우리 돈 1조 5천억 원이다.

올림푸스는 매년 1조 5천억 원, 10년 동안 15조 원의 수익을 보장받기 원했다.

시몬 대사를 통해 처음으로 제시받았던 조건은 매년 5억 유로였다.

그것도 엄청나게 파격적인 조건이었다.

하지만 최치우는 과감하게 2배의 배팅을 한 것이다.

아도니스의 소울 스톤은 샐러맨더의 소울 스톤보다 더 강력한 에너지를 품고 있다.

게다가 초고강도 레이저 설비를 갖추지 않아도 된다.

발전소 건립과 유지 비용도 훨씬 줄어드는 셈이다.

여러 상황을 고려했을 때, 또 한국이 아닌 외국에 발전소를 짓는 부담까지 합하면 15조는 받아야 한다.

"특별 예산 편성이 필요하다는 사실, 잘 알고 있습니다. 그러나 원자력 발전소 1기를 건설하는 데 20억 유로 이상이 들어갑니다. 유지 비용은 어떻습니까? 그에 비하면 소울 스톤 발전소를 위한 100억 유로가 비싸다고 생각하지 않습니다."

최치우가 선공을 날렸다.

독일 정부에서도 다각도로 검토를 하고 나왔을 것이다.

메르켈은 독일 역사상 최고의 천재로 불린다.

그녀가 비용 계산을 하지 않았을 리 없다.

최치우는 얼굴을 마주하고 메르켈에게 확신을 심어주기만 하면 된다.

실제로 원자력 발전소와 비교하면 올림푸스가 요구한 조건이 합리적일 수도 있다.

더구나 독일은 원자력 발전을 포기한 나라다.

그들의 절박함은 우리가 생각하는 수준 이상이다.

오죽하면 경제부 장관이 에너지 장관을 겸임하고 있다.

메르켈의 왼쪽에 앉은 중년인이 바로 경제 에너지 장관이다.

그는 어떻게든 협상이 타결되기를 가장 간절히 원하는 사람이었다.

소울 스톤 발전소가 들어서면 경제 에너지 부처의 영향력이 커질 수 있기 때문이다.

반면 메르켈의 오른쪽에 앉은 교통부 장관의 표정은 어두웠다. 에너지 협상을 하는 데 교통부 장관이 따라온 이유가 있었다. 최치우가 제시한 두 번째 조건이 교통부와 떼놓을 수 없는 내용이었다.

"10억 유로, 10년. 비용에 대해서는 협상의 여지가 전혀 없다고 봐야 합니까?"

메르켈이 사무적인 말투로 질문을 던졌다. 유럽을 움직이는 그녀의 눈동자가 최치우를 날카롭게 주시하고 있었다. 최치우는 메르켈의 눈을 정면으로 바라보며 고개를 끄덕였다.

"움직일 수 없는 조건입니다, 총리님."

"그럼 한 가지 조항을 추가하고 싶습니다. 만약 10년 이내에 문제가 생겨 발전소의 전력 생산이 기준치 이하로 떨어지면 올림푸스에서 책임을 지는 것."

"어떤 책임을 지면 될까요?"

"10억 유로 상환 및 손해보상금 배상입니다. 그런 단서 조항이 있으면 우리도 국민들을 설득하기 쉬울 것 같습니다."

"저도 한 가지 조항을 추가하죠. 소울 스톤 발전소 내부적인 문제, 즉 기술적 결함이나 소울 스톤의 문제라면 배상을 하겠습니다. 대신 외부적인 문제, 천재지변이나 보안 사고에 의한 부분은 독일 정부에서 책임지는 것으로. 어떻습니까?"

최치우는 메르켈 앞에서도 위축되지 않았다.

꽤나 까다로운 조건을 받고, 오히려 올림푸스가 원하는 바를 얹어서 돌려줬다.

메르켈이 살짝 눈을 돌려 경제 에너지 장관을 쳐다봤다.

장관은 기다렸다는 듯 고개를 끄덕거렸다.

"그렇게 합시다."

"감사합니다."

첫 번째 고비를 넘었다.

올림푸스는 10년 동안 매년 1조 5천억 원을 확보하게 됐다.

그것도 매출이 아닌 순이익이다.

건설비와 운영비를 독일 정부에서 부담하기 때문이다.

순이익 1조 5천억 원은 어마어마한 수치다.

매출이 50조가 넘어도 순이익 1조를 못 넘기는 대기업이 허다하게 많다.

그에 반해 올림푸스는 세계 최고의 효율성을 자랑하고 있었다.

매출 대비 순이익으로 올림푸스를 이길 수 있는 기업은 거의 없을 것 같았다.

'이만하면 큰 부담을 덜었다.'

최치우는 속으로 쾌재를 불렀다.

올림푸스가 배상 책임을 지게 됐지만, 독일 정부는 발전소 보안을 떠맡은 셈이다.

소울 스톤에 기술적 문제가 생길 가능성은 매우 낮다.

반면 네오메이슨 같은 세력이 발전소를 공격하거나 외부에서 흔들 가능성은 높다.

그 책임을 독일 정부가 지게 됐으니 박수 치고 환호할 일이다.

"두 번째 조건은 교통부에서 난색을 표하고 있습니다. 퓨처 모터스의 전기차 보조금을 똑같이 지급하는 것은 어렵습니다, 최 대표님."

메르켈의 말투가 사뭇 단호해졌다.

최치우는 발전소 건립 조건으로 퓨처 모터스의 독일 진출을 추가했다.

각국 정부는 고객이 전기차를 살 때 보조금을 지급한다.

덕분에 고객들은 부담을 덜고 전기차를 구입할 수 있는 것이다.

하지만 전기차 보조금 정책은 나라마다 제각각이다.

독일은 BMW와 벤츠, 아우디, 그리고 폭스바겐을 소유한 자동차 강국이다.

정부의 전기차 보조금도 독일 업체에게만 주어지고 있다.

최치우는 그 틈을 파고들어 자동차 종주국 독일에 퓨처 모터스를 욱여넣을 작정이었다.

덩치 큰 놈들과 붙어야 빨리 강해질 수 있다.

미국과 중국이 가장 큰 자동차 시장이지만, 독일은 절대 고수들이 모인 무림이다.

퓨처 모터스가 독일에서 좋은 평가를 받으면 다른 나라에서도 잘나갈 수밖에 없다.

"보조금 지급 정책을 바꾸면 여러 자동차 기업들뿐 아니라 관련 노조까지 집단 반발을 하게 될 겁니다. 우리로서는 도저히 감당할 수 없는 리스크입니다."

교통부 장관이 입을 열었다.

협상이 진행되는 내내 그가 심각한 표정을 짓고 있던 이유였다.

최치우는 조바심을 내지 않았다.

여유롭게 미소를 지으며 상대의 간담을 서늘하게 만들었다.

"소울 스톤 발전소를 지어서 독일의 에너지 정책을 보완하는 것, 그리고 자동차 기업들의 반발을 감당하는 것. 둘 중 뭐가 더 중요한지 묻고 싶군요."

"그건……."

교통부 장관이 당황했다.

협상에서 이토록 노골적으로 정곡을 찌르는 상대를 만나본 적이 없기 때문이다.

최치우는 농담이라는 듯 손을 내저었다.

"하하, 아닙니다. 교통부의 어려움이 만만치 않겠죠. 그렇다면 독일 회사에 지급되는 전기차 보조금의 절반으로 타협하는 건 불가능할까요?"

쥐도 궁지에 몰리면 고양이를 문다.

그렇기에 극단적인 공격은 자제해야 한다.

최치우는 주도권을 자신이 갖고 있다고 확실하게 보여줬다.

동시에 긴장을 풀며 한층 완화된 조건을 제시했다.

그야말로 교통부 장관을 들었다 놓고 있었다.

"절반은… 저희 부처에서 검토를……."

교통부 장관이 우물쭈물 확답을 하지 못했다.

그러자 메르켈이 눈살을 찌푸렸다.

어떤 변수에도 완벽하게 대응할 수 있는 준비를 하는 게 그녀의 철칙이다.

하지만 교통부 장관은 최치우에게 완전히 말려들었다.

"교통부와 관련된 정책은 추후 실무진에서 긍정적으로 검토하는 게 좋겠습니다. 방금 우리는 100억 유로짜리 협상을 주고받았습니다."

메르켈이 나서서 흐름을 끊었다.

그녀는 독일 정부가 100억 유로를 약속했다는 사실을 강조했다.

최치우는 흔쾌히 메르켈의 정리를 받아들였다.

추후 협상에서 전기차 보조금 50%를 관철시킬 여지는 충분히 만들었다.

'퓨처 모터스는 독일에서 최초로 전기차 보조금을 받는 외국기업이 될 거야.'

최치우의 큰 그림은 이미 완성됐다.

독일에서 보조금을 받는다는 사실 자체로 퓨처 모터스의 제우스 S는 엄청난 홍보 효과를 누리게 될 것이다.

"발전소 위치는 어디를 염두에 두십니까?"

"라이프치히 근교의 부지로 정했습니다."

최치우는 금방 납득했다.

라이프치히는 동독의 중심지이고, 제조업 공장이 몰려 있어 전력 소모가 많은 도시다.

메르켈은 정치적인 이유로 동독 지방의 산업 도시인 라이프치히를 선택한 것 같았다.

'역시 고단수다.'

만약 서독 지역에 소울 스톤 발전소를 세우면 몰아주기라는 비판을 피하기 힘들다.

이번 선택으로 인해 구동독 지역에서 메르켈의 지지도는 한층 높아질 것이다.

서독 지역은 어차피 발전 혜택을 많이 누리고 있어서 크게 상관이 없다.

"그럼 나머지 현안은 실무진에서 나누는 것으로 하고, 우리는 같은 팀이 됐다고 생각하겠습니다."

메르켈이 건조한 말투로 협상 타결을 선언했다.

큰 틀에서 올림푸스와 독일 정부의 협상은 이뤄진 것이나 마찬가지다.

최치우는 환하게 웃으며 유럽 진출을 자축하고 싶었지만, 아직 물어볼 게 남아 있었다.

“총리님, 실례가 안 된다면 한 가지 질문을 드리고 싶습니다.”

“무엇인가요?”

“혹시 네오메이슨이란 이름을 들어보셨습니까.”

“……”

메르켈의 눈빛이 싸늘하게 변했다.

안 그래도 딱딱한 표정에서 눈발이 휘몰아칠 것 같았다.

경제 에너지 장관과 교통부 장관은 안절부절 어쩔 줄 모르는 얼굴이었다.

‘뭔가 있다.’

최치우는 사태가 심상치 않음을 직감했다.

네오메이슨과 독일의 총리 메르켈.

그 사이에 무시할 수 없는 연결 고리가 있는 것 같았다.

9장
동맹

메르켈 총리가 장관 두 명에게 양해를 구했다.

최치우와 단둘이 이야기를 나누기 위해서였다.

독일의 경제 에너지 장관과 교통부 장관은 두말할 필요도 없는 국제 사회의 거물이다.

단순히 유럽에서만 영향력이 있는 사람들이 아니다.

그들이 입안하는 정책은 전 세계에 영향을 끼친다.

그럼에도 불구하고 메르켈은 독대를 원했다.

이유는 명확했다.

최치우가 꺼낸 네오메이슨이라는 단어가 메르켈을 자극한 것이다.

바늘로 찔러도 피 한 방울 안 나올 것 같은 철의 여인이 동요하고 있었다.

메르켈의 냉정함은 에릭 한센과는 분위기가 달랐다.

에릭 한센은 마치 뱀파이어처럼 생기(生氣)가 없는 낯빛을 띠고 있다.

그는 남이 어떤 피해를 입어도 눈 하나 깜박하지 않는다.

오히려 다른 사람의 고통을 즐길 수 있는 잔혹한 심성을 지녔다.

반면 메르켈의 냉정함은 일종의 방어막이다.

거칠고 난잡한 국제정치에서 자신을 지키기 위해, 그리고 독일과 유럽의 가치를 수호하기 위해 딱딱한 표정과 말투로 무장하는 것이다.

만약 메르켈이 에릭 한센처럼 소시오패스에 가깝다면 난민들을 받아들이지 않았을 게 분명하다.

메르켈은 목숨을 걸고 아프리카와 중동에서 도망쳐 온 난민들을 정착시키는 데 앞장섰다.

그로 인해 지지율이 떨어지고, 정치적 위상이 흔들렸지만 난민 정책은 변하지 않았다.

그것만 봐도 메르켈이 얼마나 속 깊은 휴머니스트인지 알 수 있다.

"최 대표님은 네오메이슨에 대해 어디까지 알고 있습니까?"

"일루미나티가 프리메이슨을 흡수하며 생긴 단체라고 들었습니다. 자신들의 기득권을 지키기 위해 세계 질서를 조종하는 것, 그리고 노르웨이 출신의 스타 금융인 에릭 한센을 앞세우는 것도 확인했습니다."

"생각보다 많이 알고 있는 것 같습니다. 아니, 최 대표님 정도의 위치라면 당연한 일인지도."

최치우는 메르켈을 유심히 쳐다보고 있었다.

그녀의 반응을 보니 한 가지는 확실해졌다.

적어도 독일 총리가 네오메이슨과 같은 편은 아니라는 사실이다.

그것만으로도 크게 안도할 일이다.

"독일에도 네오메이슨이 암약하고 있습니다. 정확히 누구인지 실체를 파악하기 힘들지만, 그들은 내 조카를 죽였습니다."

메르켈의 입에서 예상하지 못한 말이 튀어나왔다.

최치우는 그녀가 왜 심상치 않은 표정을 지었는지 이해할 수 있었다.

네오메이슨과 메르켈은 단순한 정적 관계가 아니었다.

정말 메르켈의 조카가 네오메이슨 때문에 죽었다면, 그들은 불구대천의 원수인 셈이다.

최치우는 조심스레 질문을 던졌다.

"어떤 일이 있었는지 물어도 되겠습니까, 총리님."

"이왕 말이 나왔으니. 독일의 네오메이슨은 원자력 발전을 장악하고 있었습니다."

"원자력 마피아."

"네?"

"아, 한국에서 원자력 이권을 꽉 잡고 있는 특정 세력을 부르는 말입니다."

"한국 원자력도 네오메이슨의 손에 넘어갔습니까?"

"그건 아닌 것 같습니다. 네오메이슨은 주로 서양에 기반을 두고 있기에. 그러나 원자력 발전이 엄청난 이권임은 어느 나라나 마찬가지인 것 같습니다."

"우리가 협상할 때 나눴던 이야기처럼 발전소 1기를 짓는 데 들어가는 돈, 그리고 유지비까지 엄청난 액수가 집행됩니다. 그래서 내 조카는, 최 대표님도 알 것 같군요. 시몬 대사의 아들입니다."

"이런……."

최치우가 난감한 표정을 지었다.

한국에서 만난 시몬 대사는 메르켈의 사촌 동생이다.

바로 그 시몬 대사의 아들이 네오메이슨에 의해 살해됐다는 메르켈의 조카인 것이다.

복잡하게 얽힌 인연의 실타래가 느껴졌다.

그러나 메르켈은 여전히 무표정한 얼굴로 말을 계속했다.

"조카 아이는 기자였습니다. 원자력 이권을 둘러싼 뒷거래를 취재하다 갑자기 교통사고를 당했습니다. 하지만 절대 평범한 교통사고가 아니었습니다. 철저하게 계획된 사고였고, 그렇게 조카를 떠나보낼 수밖에 없었습니다."

"늦었지만 조의를 표합니다, 총리님."

"그 아이도 하늘에서 보고 있을 겁니다. 이후 난 원자력 제로 정책을 실시했고, 지금까지 어렵게 국민들의 동의를 얻었습니다. 그렇기에 소울 스톤 발전소가 무엇보다 중요합니다."

"단순히 라이프치히의 전력을 공급하는 문제가 아니군요."

"맞습니다. 우리 국민들에게 원자력을 대체하는 에너지자원이 있다는 걸 알린다면, 정부의 탈원전 정책이 계속해서 힘을 얻을 수 있습니다."

최치우는 독일 정부와 메르켈이 파격적인 조건을 제시했던 이유를 알게 됐다.

독일의 실험적인 탈원전 정책 뒤에 숨은 사연도 잊기 힘들 것 같았다.

메르켈은 조카를 죽인 네오메이슨과 원자력 에너지를 놓고 한판 승부를 벌이는 중이었다.

"어쩌면 올림푸스와 독일은 한배를 탄 건지도 모르겠습니다."

최치우가 분위기를 바꿨다.

그는 메르켈 총리를 바라보며 말했다.

"적의 적은 친구라고 하지 않았습니까. 저는 네오메이슨이라는 세력을 이 세상에서 완전히 지워 버릴 생각입니다. 전기차, 소울 스톤 모두 그들의 기득권과 대척점에 있는 사업이죠."

"확대해석할 필요는 없지만, 올림푸스가 독일에서 좋은 영향을 끼치길 기대하고 있겠습니다."

"받은 만큼 값어치를 하는 게 비즈니스의 기본이라 생각합니다. 총리님의 탈원전 정책은 한층 더 굳건해질 겁니다. 라이프치히에 들어설 소울 스톤 발전소 덕분에."

최치우는 미소를 지으며 당당하게 포부를 밝혔다.

메르켈은 끝내 웃지 않았지만, 최치우를 마음에 들어 하는 것은 분명했다.

이로써 올림푸스는 무려 100억 유로에 해당하는 계약을 따냈다.

뿐만 아니라 향후 협상 결과에 따라 퓨처 모터스의 독일 진출도 수월하게 됐다.

'독일 정부, 메르켈 총리와 함께 싸울 수 있다면 천군만마를 얻은 셈이지.'

미팅을 끝내고 밖으로 나온 최치우는 환하게 웃고 있었다.

아직 속단하기엔 이르지만, 세계 곳곳에 반(反)네오메이슨 전선을 만들 수 있을 것 같다.

세계 최고의 혁신 기업으로 성장하고 있는 올림푸스.

전통적 제조업 강국이자 유럽의 맹주인 독일.

이렇게만 손을 잡아도 네오메이슨의 팔다리를 자르는 데 부족함이 없을 것이다.

최치우는 꾸준히, 그리고 엄청난 속도로 진군하고 있었다.

네오메이슨이든 누구든 세계의 패권을 마음대로 주무르며 잇속을 챙기는 일은 용납할 수 없다.

25살의 대한민국 청년은 벌써 세계의 질서에 도전하는 중심축이 된 것 같았다.

*　　　*　　　*

한국에 돌아온 최치우는 독일 정부와의 실무 협상을 진두지휘했다.

중요한 쟁점은 하나였다.

전기차 보조금을 얼마나 받느냐는 것이다.

베를린에서 난색을 표했던 교통부 장관은 50% 지원이라는 올림푸스의 협상안을 받아들였다.

어쩌면 메르켈 총리가 뒤에서 지시를 내렸는지 모른다.

최치우는 심정적으로 메르켈과 한배를 타게 됐다고 생각했다.

조카를 잃고, 자신의 신념을 위해 뚝심 있게 탈원전 정책을 밀어붙이는 메르켈도 비슷한 생각을 할 것 같았다.

최치우와 메르켈은 국제사회를 움직이는 거물들이다.

그들은 굳이 긴말을 하지 않고 서로의 눈빛만 봐도 상대를 파악할 수 있다.

'철의 여인. 언제까지 그 자리에 있을지 모르지만 믿을 만한 파트너였어.'

최치우는 메르켈을 높이 평가했다.

독일 국민들이 10년 넘게 총리로 지지하는 이유가 있었다.

사실 고마운 마음도 들었다.

네오메이슨의 손길은 너무 넓게 펼쳐진 것 같았다.

독일의 원자력 산업까지 그들이 꽉 잡고 있을 줄은 몰랐다.

그런 네오메이슨과 기나긴 전쟁을 하는 사람이 최치우 혼자가 아니었다.

메르켈은 원전 제로라는 도전까지 감행하며 네오메이슨과 싸우고 있었다.

혼자인 줄 알았는데 같은 편을 만난 느낌이다.

메르켈도 한참 어린 최치우를 보고 똑같은 고마움과 안도감을 느꼈을 게 분명하다.

'그래, 시도해 보자.'

최치우는 불현듯 어떤 아이디어가 떠오른 듯 키보드를 두드리기 시작했다.

타닥— 타다닥—

올림푸스와 독일 정부가 계약 관계 이상의 동반자가 됐음을 선포하자는 내용이다.

동반자, 파트너, 동맹, 연합.

어떤 표현이든 상관없다.

전 세계가 지켜보는 가운데 올림푸스와 독일의 파트너십을 알리면 된다.

막상 그렇게 해도 실제로 달라지는 것은 많지 않다.

협상을 통해 작성한 계약서 내용이 바뀔 일도 없다.

다만 엄청난 가능성을 열어두는 것이다.

가깝거나 먼 미래에 올림푸스와 독일이 손을 잡고 또 다른 프로젝트를 진행할 수 있다는 선언이다.

올림푸스는 독일의 높은 신뢰도를 무형의 자산으로 삼게 되고, 독일 정부는 올림푸스의 혁신적인 이미지를 빌리게 된다.

서로 나쁠 게 하나도 없다.

"총리님, 11월에 라이프치히에서 열릴 협약식에 직접 참석해 주시기를 부탁드립니다. 소울 스톤 발전소 건립이 1회성 계약이 아닌, 독일과 올림푸스의 장기적인 파트너십의 시작임을 알린다면 더욱 긍정적인 성과를 끌어낼 수 있을 것 같습니다. 독일의 원자력 제로 정책을 방해하려는 사람들에게도 확실한 선전포고가 되지 않겠습니까."

최치우는 일필휘지로 타이핑한 메일 내용을 입으로 읽어 내렸다.

간략하지만 핵심적인 내용이 다 담겨 있다.

그는 길게 고민하지 않았다.

"팀장님."

—네, 대표님.

최치우가 내선 전화로 홍보팀 김지연 팀장을 연결했다.

다른 한 손으로는 방금 작성한 메일을 김지연 팀장에게 전송했다.

"방금 메일 하나 보냈어요. 독일 총리에게 보낼 메일입니다. 영어로 보내도 되는데, 이왕이면 독일어로 번역해서 전달하는 게 나을 것 같습니다. 좀 더 성의 있어 보이겠죠."

—바로 번역 지시할게요. 보안 유지 각서 받고 진행하겠습니다.

"역시. 여러 말 할 필요가 없습니다."

최치우는 만족한 얼굴로 사무실 내선 전화를 내려놓았다.

올림푸스 설립 초기부터 호흡을 맞춘 사람답게 김지연 팀장은 척하면 척이었다.

메르켈 총리에게 보낼 메일 내용이 유출되면 특종 기사가 쏟아질 것이다.

김지연 팀장은 보안이 생명이라는 것을 누구보다 잘 알고 있었다.

"100조. 꿈이 아니라니까."

최치우는 세계 증시 그래프를 살펴봤다.

대표실 책상에는 여러 대의 모니터가 설치돼 있었다.

그중 하나의 모니터에는 세계 주요국 실시간 증시 그래프가 계속 업데이트된다.

올림푸스와 퓨처 모터스의 합산 시총이 70조 원을 넘은 게 9월이었다.

아직도 100조 원을 돌파하기 위해서는 시총이 30조나 더 불어나야 한다.

상식적으로는 불가능한 이야기다.

그러나 올림푸스와 퓨처 모터스 주가는 이때까지 비상식적으로 뛰어올랐다.

두 번째 소울 스톤 발전소를 독일에 짓는다는 소식이 알려지면 또 한 번 폭등 러시가 일어날 것이다.

퓨처 모터스도 엄청난 호재를 앞두고 있다.

외국 기업 최초로 전기차 보조금을 받으며 독일에 진출하게 됐기 때문이다.

지금은 올림푸스의 시총이 대략 30조 원, 퓨처 모터스가 40조 원으로 서로를 당겨주고 있다.

한 지붕 두 기업의 시가총액은 언제든 역전될 가능성이 높다.

올림푸스와 퓨처 모터스의 최대주주이자 CEO인 최치우는 행복한 비명을 지를 수밖에 없다.

그의 개인 자산만 해도 수십조에 달하고 있다.

덕분에 매년 내는 세금 액수도 상상을 초월할 지경이었다.

보통 한국의 대기업 오너들은 세금을 아끼기 위해 최소한의 자산만 소유한다.

온갖 꼼수를 동원해 적은 지분으로 경영권을 방어하고 있다.

그렇기 때문에 상속, 증여, 경영권 승계 과정에서 잡음이 끊이지 않는 것이다.

하지만 최치우는 경영 방식도 달랐다.

낼 세금은 다 낸다.

대신 떳떳하게 자산과 지분을 소유하고, 누구의 터치도 받지 않으며 자기만의 길을 걸을 수 있다.

대한민국 10대 기업 중에서 국세청의 세무조사를 두려워하지 않는 유일한 회사가 바로 올림푸스일 것이다.

만약 최치우가 다른 재벌들처럼 켕기는 구석이 있었다면 대통령과 반대 노선을 걷기 힘들었을지 모른다.

21세기 기업인답게 깨끗한 경영은 유력 대선 후보인 유경민을 탈탈 털어버릴 수 있었던 원동력이기도 하다.

똥 묻은 개가 겨 묻은 개를 잡을 수는 없기 때문이다.

"가자, 100조!"

최치우가 각오를 다지며 혼잣말을 세게 내뱉었다.

그는 올해 목표를 어영부영 뒤로 미룰 생각이 눈곱만큼도 없었다.

100조를 이루겠다고 했으면 반드시 이룬다.

그게 최치우 스타일이다.

메르켈이 어떤 답장을 보낼지 모르지만, 11월이면 라이프치히에서 세상을 놀라게 하는 협약식이 열린다.

징기스칸이 몽골 기마부대를 이끌고 서양을 위협했다면, 최치우는 새로운 기술과 대체에너지로 서양을 점령하게 될 것이다.

* * *

최치우가 보낸 메일은 일종의 친서(親書)였다.

메르켈도 그에 맞춰 직접 답신을 보내왔다.

비록 암호화된 이메일이지만, 서로 예를 갖춰 친서를 주고받은 셈이다.

베를린에서의 협상 이후 올림푸스와 독일 정부를 이끄는 두 사람은 조금씩 신뢰를 쌓고 있었다.

물론 최치우와 메르켈의 목표는 다르다.

최치우는 올림푸스를 세계 최고의 혁신 기업으로 성장시키고, 세상의 중심을 서양이 아닌 동양과 제3세계로 옮기려 한다.

그야말로 역사의 축을 바꾸는 원대한 야망을 품고 있었다.

메르켈은 독일 중심의 EU 체제를 공고히 다지고, 국제사회에서 오래오래 지도력을 인정받는 것이 목표다.

목표가 다르기에 손을 잡는 게 수월했다.

만약 하나뿐인 왕좌를 같이 노린다면 라이벌이 될 수밖에 없다.

그러나 최치우가 앉으려는 왕좌와 메르킬의 왕좌는 서로 다른 것이었다.

대신 두 사람은 공통의 적을 두고 있다.

메르켈은 네오메이슨에게 조카를 잃었을 뿐 아니라 지속적인 괴롭힘을 당하는 중이다.

유럽의 네오메이슨은 원전 마피아, 난민들을 거부하는 인종주의자 등 다양한 얼굴로 나타나 메르켈의 독일을 위협한다.

최치우도 네오메이슨과 여러 번 피 튀기는 싸움을 벌였다.

아프리카에서는 단순한 표현법이 아니라 실제로 피가 튀었다.

헤라클레스 대원이 희생됐고, 그 대가로 네오메이슨의 사주를 받은 게릴라 반군 레드 엑스를 몰살시켰다.

공통의 적을 가지면 급속도로 가까워질 수밖에 없다.

최치우는 독일 정부와의 프로젝트가 소울 스톤 발전소 하나로 끝날 것 같지 않았다.

라이프치히는 위대한 여정의 첫걸음일 수도 있다.

그렇기에 메르켈도 답장을 보내 직접 협약식에 참석하겠다고 밝힌 것 같았다.

독일 정부와 올림푸스는 전 세계가 주목하는 가운데 장기적 파트너십을 선포하게 될 것이다.

그로 인해 최치우도, 메르켈도 각자 원하는 것을 성취할 수 있다.

약속의 장소, 라이프치히.

그곳에서 올림푸스는 또 다른 전기를 맞이한다.

최치우는 11월이 오기를 손꼽아 기다리고 있었다.

* * *

최치우와 임동혁이 독일로 가는 전용기에 탑승했다.

실리콘밸리를 지키고 있는 퓨처 모터스의 브라이언도 독일행 비행기를 탔다.

두 기업의 오너이자 CEO인 최치우, 그리고 올림푸스의 최고 재무 책임자인 CFO 임동혁, 퓨처 모터스의 최고 기술 책임자인 CTO 브라이언이 한자리에 모이는 것이다.

그 자체로 기자들의 관심을 살 수밖에 없다.

그런데 올림푸스 홍보팀에서는 일주일 전, 폭탄 같은 보도자료를 전 세계 기자들에게 배포했다.

두 번째 소울 스톤 발전소를 독일 라이프치히에 건설하기로 했다는 사실을 알린 것이다.

세계 최초의 소울 스톤 발전소가 광명에서 어마어마한 효율성과 친환경성을 입증하고 있다.

그렇기에 올림푸스가 과연 어디에 두 번째 발전소를 지을지 초미의 관심사였다.

많은 기자들은 미국이나 중국을 점쳤다.

막대한 자본을 앞세워 초강대국이자 G2인 미중(美中)이 소울 스톤 발전소를 유치하리라 예상됐었다.

그러나 두 번째 소울 스톤의 행선지는 독일이었다.

보도 자료가 나간 직후 각국 언론사에 진풍경이 벌어졌다.

취재를 담당하는 기자들이 부랴부랴 출장 신청서를 접수했고, 독일 특파원들의 몸값이 천정부지로 치솟았다.

어떻게든 라이프치히 현장에서 역사적 순간을 담아내야 하기 때문이다.

국내 언론에서는 아쉬움을 토로하는 기사도 나왔다.

이왕이면 한국에 발전소를 더 지어주길 바라는 목소리도 없지 않다.

하지만 여론에 영향을 끼치지 못하는 미미한 소수 의견이었다.

올림푸스가 독일 정부로부터 받아낸 협상 조건이 어마어마했기 때문이다.

우리나라 사람들은 IMF 이후로 외화를 벌어오는 걸 무척 중시한다.

1년에 1조 5천억 원, 10년 동안 무려 15조 원의 외화를 벌어오게 된 올림푸스를 안 좋게 볼 리 없다.

그러고 보면 광명의 첫 번째 소울 스톤 발전소는 거저 지어 준 셈이다.

20년의 운영권과 이권을 보장받았지만, 독일 정부가 내세운 조건이 워낙 파격적이었다.

대부분의 사람들은 국내 유치를 아쉬워하기보다 올림푸스가 외화를 벌어들이고, 국위 선양 하는 것을 칭찬하는 분위기였다.

최치우가 비행기를 타기 전 일주일 동안 무수히 많은 기사들이 쏟아졌다.

세상의 시선이 라이프치히를 향한다고 해도 과언이 아니었다.

최치우는 자신이 가는 곳을 세계의 중심으로 만들고 있었다.

그것도 이번이 처음이 아니다.

더구나 라이프치히에서 올림푸스와 독일 정부는 보도 자료에 담지 않은 추가 조약을 발표할 예정이다.

"그 소식까지 알려지고 나면… 정말 올해 안에 우리 시총이 100조가 넘을지도 모르겠습니다."

임동혁이 전용기에 앉아 입을 열었다.

최치우는 승무원이 따라준 위스키를 마시며 대답했다.

"내가 말했잖아요. 해가 바뀌기 전에 100조 원을 이룰 거라고."

"독일에서 제안이 올 걸 예상하셨단 말씀이십니까?"

"예언자도 아니고, 그걸 어떻게 예상해요."

"그럼 무슨 수로……."

"독일 정부와 계약을 안 했으면 다른 길이 열렸겠죠. 방법은 중요하지 않습니다. 목표를 세우면 무조건, 반드시 이룹니다. 내가 언제 실패한 적 있어요?"

최치우는 당연하다는 듯 자신 있게 물었다.

다른 사람이라면 결코 쉽게 하기 힘든 말이다.

그러나 최치우는 이런 말을 할 자격이 충분하다.

올림푸스를 세운 이후 최치우의 행보가 모든 것을 증명해 주고 있다.

임동혁은 혀를 내두르며 그의 배포를 인정했다.

"하긴, 대표님이라면 무슨 수를 써도 목표를 이룰 사람입니다. 공항에 오기 전 우리 시총이 85조 선을 뚫은 것 같던데, 1달이면 100조는 넘고도 남겠습니다."

"의심하지 마세요. 그냥 믿으면 됩니다."

최치우는 마치 사이비 종교의 교주처럼 말했다.

하지만 사이비 교주와는 다르게 말이 아닌 행동으로 주위 사람들을 끌어당긴다.

"이사님, 안전벨트 잘 잡아요. 앞으로 더 빠르고 높이 날 테니까."

최치우가 피식 웃으며 농담을 던졌다.

임동혁은 고개를 끄덕이며 농담을 진지하게 받았다.

"로켓에 어울리는 사람이 되도록 부단히 노력해야겠습니다."

한때 재계의 망나니로 불렸던 임동혁의 진심이 느껴졌다.

짧지만 굵은 대화를 나눈 두 사람은 누가 먼저랄 것도 없이 창밖을 바라봤다.

하늘 위로 높이 떠오른 전용기처럼 올림푸스도 계속해서 고공비행을 하고 있었다.

*　　*　　*

라이프치히는 구동독 지역의 중심지이고, 여전히 다양한 제조업 공장이 들어선 대도시다.

그렇지만 베를린이나 프랑크푸르트, 쾰른, 뮌헨처럼 독일을 대표하는 국제도시는 아니다.

관광지로서 명성도 여타의 도시들에 비해 밀리는 감이 있다.

그렇기에 웬만하면 다양한 인종과 국적의 사람들이 득시글거릴 일이 없다.

하지만 오늘은 특별한 날이었다.

라이프치히 시내 호텔에 빈방이 없을 정도로 외지 사람들이 많이 몰려왔다.

그들은 정작 시내 관광을 하지도 않았다.

약속이라도 한 듯 라이프치히에서 차로 1시간가량 떨어진 근교로 이동했다.

이유는 간단하다.

제조업 공장이 밀집된 지역 근처에서 열리는 행사에 참석하기 위해서다.

시내 호텔을 가득 채운 인파는 세계 곳곳에서 날아온 기자들이었다.

올림푸스와 독일 정부의 협약식 덕분에 라이프치히는 국제 행사를 유치한 것과 비슷한 효과를 얻었다.

호텔 주인들은 신이 났고, 식당과 카페도 때아닌 특수를 누렸다.

외지인들이 많이 몰리면 도시에 새로운 활기가 감돌게 마련이다.

라이프치히라는 다소 낯선 도시 이름도 구글 검색 순위 상위권에 노출됐다.

최치우 한 사람이 일으킨 경제 효과가 도시의 분위기를 바꾼 셈이다.

독일 동부의 도시까지 영향을 끼치는 국제적 거물로 자리매김한 최치우는 메르켈 총리와 나란히 앉아 있었다.

메르켈은 독일의 총리이자 유럽연합을 실질적으로 이끄는 맹주다.

최치우는 공식 행사에서 그런 메르켈의 바로 옆자리에 앉아 동등한 대우를 받을 정도로 높아진 위상을 체감했다.

찰칵— 파팟!

두 사람이 앉아 있는 모습을 찍기 위해 연신 카메라 플래시가 터졌다.

이따금 귓속말을 주고받는 최치우와 메르켈의 모습은 내일 신문 1면을 차지하기에 부족함이 없었다.

올림푸스의 소울 스톤 발전소 건립은 전 세계가 주목하는 이슈다.

독일과 한국 신문 1면은 당연하고, 미국과 유럽 등 여러 나라의 언론에서도 대서특필할 게 분명했다.

짝짝짝짝짝—!

그때 청중들의 박수 소리가 유독 커졌다.

메르켈 총리가 단상에 올라 소감을 밝힐 차례가 된 것이다.

메르켈은 협약식을 보기 위해 모인 라이프치히 주민들의 열렬한 환호를 받았다.

끊이지 않는 박수 소리를 레드 카펫 삼아 단상에 오른 메르켈이 입을 열었다.

"우리 독일은 오늘 위대한 발걸음을 내디뎠습니다. 자랑스러운 국민 여러분은 원자력 없이도 국가 경쟁력을 유지할 수 있다는 믿음을 현실로 만들고 있습니다. 여러 어려움이 있지만, 우리는 해내고 있습니다. 그리고 소울 스톤 발전소를 유치하며 더욱 힘을 낼 수 있게 됐습니다. 후손들을 생각하며 미래를 대비하는 독일, 그런 독일을 위해서 변화하고 혁신하겠습니다. 누구도 가보지 못한 길을 함께 갑시다. 감사합니다."

메르켈의 축사는 강렬했다.

단순하고 쉬운 언어로 청중들의 마음을 흔드는 힘이 있었다.

짝짝짝짝짝—!

다시 우레와 같은 박수가 터져 나왔다.

축사에서 언급하지는 않았지만, 소울 스톤 발전소를 유치하면서 구동독 지역의 메르켈 지지율이 급등했다.

단순히 경제만의 문제가 아니다.

경제는 언제나 정치와 연결돼 있다.

구동독 지역 사람들에게 소울 스톤 발전소는 엄청난 선물이다.

메르켈 정부가 자신들을 신경 쓰고 배려한다는 가장 강력한 증거로 여겨졌다.

곧이어 최치우가 메르켈 다음으로 단상에 섰다.

뜨겁게 달아오른 공기가 느껴졌다.

협약식에 참석한 기자들의 얼굴에 기대감이 떠올랐다.

기자들은 메르켈보다 최치우에게 더 많은 관심을 갖고 있다.

대한민국이 낳은 슈퍼스타 CEO 최치우는 종종 깜짝 발언으로 세계를 놀라게 한다.

메르켈은 국가 지도자답게 잘 정리된 축사를 마쳤다.

하지만 최치우는 훨씬 재밌는 내용을 말해줄 가능성이 높다.

"먼저 위대한 결단을 내린 메르켈 총리님께 한 번 더 박수를 드립니다."

최치우는 능숙하게 좌중을 휘어잡았다.

듣는 사람들을 쥐락펴락하는 솜씨가 보통이 아니었다.

스티브 잡스가 작고한 이후 최치우는 세계에서 PT를 제일 잘하는 CEO로 손꼽히고 있다.

그렇기에 오랜 정치 경력을 자랑하는 메르켈보다 더 여유로워 보였다.

"두 번째 소울 스톤 발전소를 독일에 짓게 돼서 영광입니다. 원전 제로라는 엄청난 도전에 힘이 될 수 있어 얼마나 기쁜지 모릅니다. 아시는 것처럼 올림푸스는 독일 정부로부터 많은 것을 약속받았습니다. 부지와 건설비, 그리고 유지비와 보안 책임까지. 그런데도 10년 동안 100억 유로를 받는 조건을 불편하게 생각할 독일 국민들도 있을 겁니다. 그러나 이 자리에서 확실히 공언하겠습니다. 라이프치히 발전소에 투입될 소울 스톤은 대한민국 광명의 소울 스톤보다 더 강력합니다. 광명보다 많은 에너지를 생산할 수 있다는 뜻입니다."

기자들의 눈이 휘둥그레졌다.

최치우가 자기 입으로 새로운 소울 스톤의 강력함을 밝혔기 때문이다.

소울 스톤은 여전히 많은 부분이 베일에 싸여 있는 신비한 물질이다.

그래서 최치우의 한마디, 한마디가 새로운 정보일 수밖에 없다.

"또 하나, 우리 올림푸스는 소울 스톤 발전소만 짓고 빠지는 게 아닙니다. 독일 정부와 장기적인 파트너십을 맺기로 했습니다. 내년부터 퓨처 모터스의 전기차 제우스 S는 독일에서 보조금 50% 혜택을 받습니다. 외국 기업으로는 최초로 독일의 전기차 보조금을 받는 것입니다."

이번에는 라이프치히 주민들의 눈도 커졌다.

독일이 자랑하는 벤츠와 BMW의 전기차 기술은 아직 걸음마 단계다.

그들이 내놓는 멋진 일반 차에 비하면 전기차의 퀄리티는 상당히 떨어진다.

하지만 제우스 S는 다르다.

놀라운 성능과 럭셔리한 디자인으로 정평이 나 있다.

바로 그 제우스 S를 사면 독일 정부의 보조금을 받게 되는 것이다.

한층 많은 독일 국민들이 제우스 S를 구입할 수 있는 여건이 조성됐다.

이 결정의 여파는 결코 가볍지 않다.

벤츠와 BMW, 아우디 폭스바겐은 발등에 불이 떨어졌다.

까딱하면 퓨처 모터스에게 유럽의 전기차 패권을 모조리 빼앗기게 생겼다.

독일 정부의 결단으로 유럽의 자동차 회사들이 전기차 기술 개발에 기존 계획보다 많은 돈을 투자하게 될 것 같았다.

최치우는 그저 퓨처 모터스의 독일 진출만 성사시킨 게 아니다.

시대의 패러다임을 자연스레 바꾸고 있었다.

훗날 역사는 최치우가 전기차 시대의 개막을 앞당겼다고 기록할 것이다.

그의 행보는 이제 인류사에 커다란 족적을 남기기 시작했다.

최치우는 환호하는 사람들을 바라보며 올림푸스가 유럽을 정복하기 위해 진군한다고 선언했다.

"올림푸스와 퓨처 모터스는 세상을 바꾸는 회사입니다. 우리는 독일이 더 혁신적으로 바뀔 수 있도록 돕겠습니다. 고맙습니다!"

보수적인 제조업의 나라, 독일.

유럽의 중심을 자처하는 그곳에 최치우가 일으킨 파도가 치고 있었다.

독일이 바뀌면 유럽이 바뀐다.

최치우는 독일을 감동시키고, 그것을 발판 삼아 유럽을 통째로 집어삼킬 작정이었다.

11월의 어느 날, 올림푸스는 드디어 유럽 중심부에 깃발을 꽂았다.

10장
심판의 날

라이프치히에서 협약식을 마친 최치우는 메르켈과 식사를 하며 2시간 동안 대화를 나눴다.

비공개 만찬에는 임동혁과 브라이언도 참석했다.

독일 정부에서도 경제 에너지 장관과 교통부 장관이 함께했다.

베를린 티어가르텐에서 협상 테이블에 앉았던 사람들이 다시 모인 것이다.

하지만 대화 주제는 두 개로 나눠졌다.

브라이언과 임동혁, 그리고 독일 정부의 두 장관은 현안(懸案)을 논의했다.

핵심 주제는 퓨처 모터스의 독일 진출이었다.

전기차 보조금 50%를 받게 된 퓨처 모터스가 어떻게 독일 시장으로 진출할지는 초미의 관심사였다.

브라이언은 퓨처 모터스의 구상을 구체적으로 밝혔다.

베를린과 프랑크푸르트, 쾰른 등 주요 도시에 체험관을 만드는 게 우선이다.

그다음 온라인 전시장을 열고, 전기차 충전소 인프라도 구축해야 한다.

여러모로 독일 교통부와 협의해야 될 부분이 많았다.

강력한 경쟁자의 등장으로 벤츠와 BMW는 난색을 표하고 있었다.

그렇지만 퓨처 모터스가 독일 자동차 시장을 흐리는 악당은 아니다.

모든 일은 경쟁이 있어야 발전 속도가 빨라지는 법이다.

독일 교통부는 퓨처 모터스 덕분에 전기차 충전소 정책을 앞당겨 실시하게 됐다.

엉겁결에 독일이 유럽의 전기차 중심국으로 발돋움하게 될지도 모른다.

퓨처 모터스라는 외부 충격은 독일 정부와 자동차 기업들에게 강한 자극제가 되고 있었다.

교통부 장관은 브라이언과 이야기를 주고받으며 점점 설득당하는 눈치였다.

임동혁과 경제 에너지 장관도 옆에서 한마디씩 거들며 복잡한 현안을 푸는 데 일조했다.

반면 독립된 테이블에 떨어져 앉은 최치우와 메르켈의 대화 주제는 전혀 달랐다.

두 사람은 네오메이슨에 대해 심도 깊은 의견을 주고받고 있었다.

"그들이 라이프치히의 발전소를 공격할 가능성이 크다고 생각합니까?"

"한국보다는 독일이 훨씬 더 위험합니다, 총리님."

"그건……."

냉철한 메르켈이 말을 잇지 못했다.

독일은 한국이 롤 모델로 삼을 만큼 뛰어난 선진국이다.

그렇지만 치안(治安)에서는 한국을 능가할 나라가 전 세계에 몇 없다.

최치우는 메르켈에게 확실히 경각심을 심어줬다.

"한국에서 총기를 쓰려면 엄청나게 까다로운 절차를 거쳐야 합니다. 반면 독일과 유럽은 어떻습니까? 미국보단 낫겠지만, 총기와 폭탄을 이용한 테러에 노출되어 있습니다."

"프랑스와 터키, 영국에 비하면 우리 독일의 치안과 총기 규제는 무척 준수한 편입니다."

"알고 있습니다, 총리님. 저는 독일의 치안을 비판하기 위해 말을 꺼낸 게 아닙니다. 그럼에도 불구하고 라이프치히의 소울스톤 발전소가 네오메이슨의 타깃이 될 확률이 높다는 말씀을 드리는 겁니다."

최치우는 쓸데없는 신경전을 벌일 생각이 없었다.

올림푸스와 독일 정부는 전 세계 기자들 앞에서 파트너십을 천명했다.

앞으로 퓨처 모터스의 원활한 진출과 소울 스톤 발전소 설립을 위해 손을 단단히 잡아야 한다.

다만 짚고 넘어가야 할 부분은 미리 지적할 필요가 있다.

유비무환(有備無患)의 중요성은 아무리 강조해도 모자람이 없다.

최치우는 메르켈 총리를 바라보며 최악의 상황을 대비하자고 말했다.

"경찰 병력으로는 부족합니다. 발전소가 지어지면 독일군이 상주하며 경호해야 불미스러운 사고가 발생하지 않을 것 같습니다."

"군부대를 배치하는 것은 의회의 승인을 받아야 하는 복잡한 문제입니다, 대표님."

"사고가 생기는 것보다 낫지 않습니까. 만에 하나 네오메이슨이 소울 스톤을 탈취하기라도 한다면……."

최치우는 불길한 말을 끝까지 맺지는 않았다.

그래도 사태의 심각성은 제대로 전달됐다.

메르켈 총리는 신개념 대체에너지인 소울 스톤 발전소 유치로 정치적 승부수를 던졌다.

만약 발전소에 문제가 생기면 한껏 올라간 지지율은 역풍이 되어 메르켈을 덮칠 것이다.

이윽고 메르켈이 고개를 끄덕였다.

"알겠습니다. 최 대표님이 언급한 부분은 정부에서 중요하게 다루도록 하겠습니다."

"저희도 발전소 설계 과정에서 보안 부분을 특별히 강화하겠습니다."

최치우의 걱정은 괜한 게 아니었다.

소울 스톤 발전소의 해외 건립을 추진할 때부터 올림푸스 내부에서 끊임없이 제기된 문제점이다.

'발전소가 습격을 당해도 소울 스톤을 빼낼 수 없도록… 특수한 장치를 마련해야겠군.'

최치우도 메르켈과 대화를 나누며 새삼 보안의 중요성을 절감했다.

한국과 독일은 다르다.

단순한 치안의 문제만은 아니다.

네오메이슨은 철저하게 백인들로 구성된 집단이다.

그들은 백인 중심, 서양 중심의 기득권을 지키기 위한 인종주의자나 다름없다.

그렇기에 아시아나 아프리카, 중동에서도 영향력을 행사하지만 끗발이 조금은 떨어진다.

그러나 유럽은 네오메이슨의 홈그라운드나 마찬가지다.

지금은 세계경제의 중심인 미국이 네오메이슨이 암약하는 주 무대가 됐지만, 원조는 유럽이다.

일루미나티와 프리메이슨의 뿌리도 유럽이었다.

심지어 일루미나티는 독일에서 처음 발호했고, 프리메이슨은 영국에 기원을 두고 있다.

네오메이슨에게 있어 독일은 자신들의 터전이자 절대 포기할 수 없는 지역이다.

안 그래도 그들은 메르켈의 원전 제로 정책을 방해하려 눈에 불을 켜고 있을 것이다.

그런데 네오메이슨의 숙적으로 급부상한 올림푸스의 소울스톤 발전소가 지어지고 멀쩡히 돌아가는 모습을 그냥 두고 볼 리 없다.

최치우는 메르켈에게도 신신당부를 했지만, 올림푸스 차원에서 특단의 대책을 세워야겠다고 판단했다.

물론 소울 스톤 발전소가 습격을 당하면 모든 책임은 독일 정부가 지게 돼 있다.

기술적 요인으로 인한 사고는 올림푸스의 책임, 외부적 요인으로 인한 사고는 독일 정부의 책임이라고 계약서에 못을 박았다.

하지만 모든 것 독일 정부 탓으로 미루고 뒷짐을 질 수는 없다.

소울 스톤은 인류의 자산이고, 최치우가 책임져야 할 보물이다.

'차라리 잘됐다. 이참에 독일에서 네오메이슨과 더 화끈하게 붙고, 놈들의 추악한 실체에 접근하면 되니까.'

최치우는 식탁 아래에서 한쪽 주먹을 세게 쥐었다.

이제껏 밝힌 네오메이슨의 실체는 에릭 한센뿐이다.

그러나 에릭 한센으로는 최치우를 막기 역부족이라는 게 여러 번 증명됐다.

어쩌면 독일에서 올림푸스와 네오메이슨의 전면전이 시작될지도 모른다.

최치우는 메르켈과 다른 주제로 이야기를 더 나누며 저도 모르게 미소를 지었다.

싸움은 언제나 최치우의 영혼 깊숙이 새겨진 본능을 자극한다.

누구에게도 지지 않는 불굴의 호승심이 오랜만에 불타오르고 있었다.

*　　　*　　　*

1년이 너무 빨리 지나간 기분이었다.

보통 사람도 12월이 되면 내가 1년 동안 뭘 했는지 돌아보게 된다.

특별히 한 게 없어도 훌쩍 흘러 버린 시간을 아쉬워하게 마련이다.

그런데 최치우는 1년 동안 너무 많은 일을 해냈다.

그럼에도 불구하고 시간이 빠르게만 느껴졌다.

사실 25살의 나이로 올림픽 100m 세계 신기록을 수립하며 금메달을 딴 것만 해도 역사적인 업적이다.

하지만 올림픽 금메달은 최치우에게 있어 여름날의 추억일

뿐이었다.

그는 올해 한 명의 대선 후보 정치인과 또 한 명의 재벌 2세를 감옥에 넣었다.

구속 수감된 유경민과 홍문기는 여전히 재판을 받고 있고, 법조인들의 전망에 의하면 실형을 받을 확률이 무척 높은 상황이었다.

GM의 공장을 인수하고, 퓨처 모터스의 첫 번째 럭셔리 전기차 제우스 S를 성공적으로 출시한 것도 빼놓을 수 없는 성과였다.

제우스 S는 어느새 제주도를 대표하는 마스코트가 됐다.

한국 사람뿐 아니라 외국인들 중에서 제우스 S를 타보고 싶어 제주도를 방문하는 경우가 적지 않을 정도였다.

1차 물량 1,000대가 제주도에 풀린 이후 나머지 물량은 한국과 미국에 순차적으로 판매되고 있었다.

주요 도시에 체험관을 두는 대신 계약과 결제는 100% 온라인으로 실시한 퓨처 모터스의 도전은 대성공을 거뒀다.

이대로 가면 기존 자동차 회사의 영업 방식도 싹 바뀌게 될지 모른다.

굳이 지역마다 일일이 대리점을 열고, 수많은 영업 사원들을 고용할 필요가 없어지는 것이다.

혁신은 언제나 파괴를 동반한다.

과거의 생태계를 파괴하지 않고 혁신이 이뤄지는 경우는 없다.

우버의 등장으로 택시 업계가 몰락하고, 에어비엔비는 호텔 업계를 위기에 빠뜨렸다.

퓨처 모터스 역시 마찬가지다.

일반 자동차 업계의 모든 부분을 파괴하며 혁신을 선도하고 있었다.

최치우는 쉴 새 없이 달려온 올해를 돌아보며 결재 서류를 정리했다.

그의 사인을 기다리는 서류는 매달 산더미처럼 쌓인다.

실무 결재의 경우 대부분 임동혁이 처리하고 있다.

하지만 회사의 규모와 사업 영역이 워낙 커지다 보니 반드시 최치우의 사인을 받아야 하는 서류도 점점 늘어났다.

"이제는 직원이 아니라 임원 레벨도 더 늘려야겠어."

최치우는 꼼꼼히 서류를 읽고 사인을 하며 혼잣말을 내뱉었다.

퓨처 모터스에는 CTO 브라이언 머스크 휘하에 여러 명의 임원진이 업무를 분담하고 있다.

원래 있던 회사를 인수한 것이기에 기존 임원진과 호흡도 잘 맞았다.

그러나 올림푸스의 임원은 CFO 임동혁과 남아공 본부장 이시환 둘밖에 없다.

이시환은 남아공 사업을 총괄하고 있기에 국내 업무에는 힘을 보태지 못한다.

결국 최치우와 임동혁, 두 사람이 올림푸스 본사의 업무를 떠받치고 있는 셈이다.

물론 미래 에너지 탐사대의 김도현 교수가 든든한 버팀목이 돼주지만 회사 내부의 일에는 관여하지 않는다.

최치우는 새로운 임원진의 필요성을 분명하게 느끼고 있었다.

"승수 선배랑 김지연 팀장을 임원 레벨로 올리고, 외부에서 조직 전문가도 스카우트해야겠다."

올림푸스에서 임원을 뽑는다는 소식이 퍼지면 세계적인 스페셜리스트들이 줄을 설 것이다.

원래 진짜 전문가들은 임원 레벨에 포진해 있다.

지난 공채에서는 신입 사원과 경력직 사원을 뽑았기에 외국인이 지원하지 않았다.

하지만 임원급 채용에서는 외국인들이 대거 등장할지 모른다.

올림푸스의 임원이 되기 위해서는 국내용이 아닌 국제적 인재여야만 했다.

"그건 그렇고, 광명의 에너지 생산은 안정적이군. 독일에서도 공사를 시작했고……. 내년 여름이면 준공이 되겠다."

라이프치히의 발전소 공사는 광명보다 기간이 단축될 전망이었다.

아도니스의 소울 스톤은 초고강도 레이저 없이 계속 순수한 전력을 뽑아내고 있다.

그렇기에 발전소 내부 설비가 간소화된다.

그만큼 보안 시스템에 투자를 더 해도 공사 기간은 줄 수밖에 없었다.

스슥- 스스슥-

최치우는 친필 사인을 거듭하며 독일을 떠올렸다.

아무래도 외국에 발전소를 짓는 것이라 광명 때보다 신경이 많이 쓰였다.

내년 여름까지 공사가 무사히 마무리되기를 바랄 뿐이었다.

*　　　　*　　　　*

12월의 독일 날씨는 매섭도록 차갑다.

비와 눈도 자주 내리고, 때로는 우박이 떨어지기도 한다.

특히 구동독 지역의 경우 궂은 겨울 날씨로 악명이 높다.

오후 4시를 넘기면 곧장 해가 지면서 사방이 캄캄해지는 것은 덤이다.

어느 나라나 마찬가지지만, 특히 독일의 겨울은 공사를 하기에 좋은 계절이 아니었다.

그래도 어쩔 수 없다.

하루라도 빨리 소울 스톤 발전소를 짓고 싶은 게 독일 정부와 국민들의 마음이었다.

경제 에너지 장관은 여름까지 발전소를 준공하겠다고 공언했다.

발전소 내부의 구체적 설계는 올림푸스 몫이지만, 와 현장

컨트롤은 독일 정부의 소관이다.

그렇기에 비수기인 겨울에도 라이프치히 근교의 공터에서는 공사가 한창이었다.

"휴—! 곧 끝나겠구먼."

"끝나고 소시지에 맥주 한잔?"

"당연하지!"

작업에 열중하던 인부들이 농담을 주고받았다.

어디나 공사장 풍경은 크게 다르지 않다.

고된 일을 마치고 술 한잔으로 피로를 푸는 법이다.

라이프치히 현장에 고용된 독일 기술자들도 퇴근만 기다리고 있었다.

겨울철에는 오후 4시 이후로 공사를 할 수 없기에 작업 강도가 더 높다.

여름보다 2시간 일찍 현장에서 철수하는 만큼 작업이 힘겨울 수밖에 없다.

두두두— 두두두두—

그때였다.

슬며시 찾아온 어슴푸레한 공기 너머로 소형 트럭 한 대가 달려오고 있었다.

멀리서 봐도 낡아 보이는 트럭의 달달거리는 소리가 몇몇 기술자들의 주의를 끌었다.

"저거 뭐지? 우리 현장에 저런 차도 있었나?"

"아닌 거 같은데……. 길을 잘못 든 건… 어?"

"속도를 안 줄이는데? 어어어!"

공사장 입구 쪽 기술자들이 소리를 질렀다.

언덕 너머에서 달려온 트럭이 한층 빠른 속도로 접근했기 때문이다.

"지하드!"

운전석에 앉은 앳된 얼굴의 청년이 아랍어로 절규하듯 외침을 터뜨렸다.

곧이어 트럭은 한 치의 망설임도 없이 공사장 입구를 그대로 들이받았다.

콰아아앙—!

불꽃이 터지며 폭발의 여파가 입구의 시설물을 폭삭 무너뜨렸다.

단순한 자동차 사고가 아니다.

트럭 뒤쪽에 실린 폭탄이 터지면서 폭발이 연쇄적으로 일어났다.

쾅! 콰콰쾅!

퇴근 후 맥주 한잔을 기다리던 공사장 인부와 기술자들도 굉음에 휩쓸렸다.

소울 스톤 발전소 때문에 전 세계의 주목을 받은 도시, 라이프치히에 테러의 먹구름이 드리우고 있었다.

*　　　*　　　*

파리 테러의 충격이 가시지 않았고, 런던 테러의 피해자들은 여전히 세계의 추모를 받고 있다.

그런데 또다시 비극적인 테러 사고가 발생하고 말았다.

수많은 사람들이 각자의 SNS를 통해 라이프치히를 위로했다.

희생자는 모두 8명.

중상자를 포함한 부상자는 무려 13명에 이른다.

테러 지점이 소울 스톤 발전소 공사장이었기에 사상자는 모두 현장 인력이었다.

사고를 당한 독일인 기술자와 인부의 가족들은 라이프치히로 달려왔고, 베를린과 프랑크푸르트 등 대도시에는 정부에서 설치한 추모 장소가 들어섰다.

모처럼 활기로 가득 찼던 라이프치히는 비통한 분위기에 빠졌다.

이제는 독일도 테러로부터 안전하지 않다는 게 알려진 셈이다.

메르켈 총리는 사고 발생 이후 외국 순방 일정을 전격 취소하고 라이프치히에 비상 상황실을 만들었다.

국가적 재난 사고를 수습하는 메르켈의 능력은 이미 정평이 나 있다.

하지만 그녀도 일생일대의 정치적 위기를 맞이하게 됐다.

라이프치히 테러가 메르켈의 약점 두 가지를 동시에 건드렸기 때문이다.

테러 이후 난민들에 대한 독일 국민들의 반감이 치솟았다.
메르켈의 난민 수용 정책을 지지하던 국민들도 마음이 돌아설 수밖에 없었다.
생존자의 증언에 의하면 자살 트럭 테러를 감행한 범인은 '지하드'라는 말을 외쳤다고 한다.
지하드는 이슬람에서 성스러운 전쟁을 뜻하는 아랍어다.
게다가 아직 감식이 끝나지 않았지만, 현장에서 사체로 발견된 범인은 누가 봐도 중동 출신이었다.
때맞춰 독일 야당들이 메르켈을 압박했다.
메르켈과 EU가 주도하는 난민 정책을 철회해야 한다는 목소리가 높아졌다.
뿐만 아니라 범인은 하필이면 소울 스톤 발전소 공사 현장을 덮쳤다.
보통 테러범들은 주목을 받기 쉬운 장소를 노린다.
그렇기에 대도시의 시가지나 극장, 관광 명소를 공격하는 경우가 잦다.
그러나 소울 스톤 발전소를 짓는 공사 현장은 라이프치히 외곽에 위치하고 있다.
정교하게 계획을 세우고 발전소 공사장을 노린 게 분명하다.
독일 언론과 외신들은 여러 해석을 내놓았다.
메르켈의 원전 제로 정책으로 전기세가 올랐고, 이에 가장 큰 타격을 입는 것은 저소득층인 이민자들과 난민들이다.
그렇기에 원전 제로 정책의 상징으로 떠오른 소울 스톤 발전소 공사장을 테러했다는 것이다.

제법 그럴듯한 해석이었다.

또 공사장은 불과 1달 전 세계에서 가장 주목을 받았던 곳이다.

최치우와 메르켈이 직접 참석한 협약식은 라이프치히의 인지도를 일약 베를린급으로 끌어올렸다.

하지만 베를린에 비해 경찰들의 테러 방지 수준은 낮은 편이다.

주목과 관심을 원하는 테러범이 노리기 안성맞춤인 장소였다.

비상 상황실을 만들고, 유족들을 위로하느라 애쓰는 메르켈도 사면초가(四面楚歌)에 처했다.

최치우 역시 충격적인 소식을 듣자마자 연말 일정을 취소하고 전용기를 움직였다.

원래는 12월 내내 임원진 후보들의 면접을 보며 올림푸스 조직을 정비하려 했다.

그러나 독일의 사고를 넋 놓고 지켜볼 수 없었다.

현장에서 사태를 파악하고 후속 대처를 논의해야 한다.

크리스마스를 앞둔 분위기에 찬물을 끼얹은 테러는 독일만의 문제가 아니다.

소울 스톤 발전소, 나아가 올림푸스 전체의 위기였다.

"만에 하나 네오메이슨이 개입한 일이라면… 박살을 내버린다, 기필코."

최치우는 전용기 좌석에 앉아 조용히 이를 갈았다.

네오메이슨이 어떤 식으로든 도발을 할 거라 예상했었다.

하지만 8명의 사망자와 13명의 부상자를 발생시킨 테러는 최악의 수단이다.

물론 네오메이슨의 짓이라고 단정 지을 근거는 아직 나오지 않았다.

드러난 증거만 보면 극단주의 이슬람 세력의 자살 테러다.

그러나 네오메이슨은 교묘한 단체다.

그들은 실체를 거의 노출하지 않고 오랜 세월 세계의 기득권을 움켜쥐었다.

자살 테러의 과정 어딘가 네오메이슨의 손길이 닿았을 여지도 충분하다.

쏴아아아아—

전용기 안에서 최치우가 저도 모르게 살기를 흩뿌렸다.

그의 서늘한 기세에 놀란 승무원은 서비스를 물으러 다가갈 엄두도 내지 못했다.

최치우의 분노를 실은 전용기가 대한민국 영공을 벗어나 유럽으로 날아가고 있었다.

올해 12월도 얌전히 넘어가기는 글렀다.

활화산처럼 이글거리는 최치우의 분노가 독일에서 분출될 것 같았다.

*　　　*　　　*

최치우의 독일 입국은 비공개 일정이었다.
전용기를 이용하면 해외 출입국 일정을 손쉽게 숨길 수 있다.
공항에서만 조심하면 일반 승객들과 마주칠 일이 없기 때문이다.
독일에 도착한 최치우는 직접 차를 몰고 라이프치히로 달려갔다.
수행 직원을 대동할 수 있지만 혼자 움직이는 게 편했다.
어쩌면 스파이처럼 신출귀몰(神出鬼沒)하게 유럽 전역을 누빌지도 모른다.
테러의 배후를 찾아내기 위해선 수단과 방법을 가리지 않을 작정이다.
그때를 대비하면 수행 직원이 없는 게 낫다.
최치우는 테러가 발생한 현장으로 달려가며 입술을 깨물었다.
전용기에서 분노를 삭인다고 애썼는데, 막상 독일에 도착하니 다시 심장이 거세게 뛰고 있었다.
부와아아앙—!
속도 제한이 없는 고속도로 아우토반에서 액셀을 밟자 자동차가 짐승처럼 튀어나갔다.
한국에서 타고 다니는 롤스로이스 레이스에 비교할 수는 없지만, 레인지로버도 어디 가서 꿀리는 차는 절대 아니다.

최치우의 선택을 받은 레인지로버는 사막의 롤스로이스라는 명성답게 아우토반에서 진가를 발휘했다.

고속도로가 아닌 오프로드로 진입하면 더욱 빛을 발할 것이다.

최치우는 산길이나 비포장도로를 달릴 일도 생길 거라고 예상했다.

그래서 굳이 최상급 SUV인 레인지로버를 골랐다.

과연 그의 예감이 맞을지 두고 볼 일이었다.

우웅— 우우웅—

주인을 제대로 만난 레인지로버는 계속해서 우렁찬 배기음을 토해냈다.

아우토반을 가로지른 최치우는 시내 도로에 진입해서 속도를 줄였다.

그는 라이프치히 도심을 지나쳐 공사장이 있는 곳으로 향했다.

메르켈 총리의 비상 상황실은 라이프치히 시청에 차려졌다.

그러나 메르켈을 만나기 전에 두 눈으로 사고 현장을 먼저 보고 싶었다.

끼이익!

최치우는 공사장을 저만치 앞둔 곳에 차를 세웠다.

육중한 차체에서 튕겨지듯 재빨리 내린 최치우가 현장으로 성큼성큼 걸어갔다.

당연하게도 독일 경찰이 통제선을 쳐놓았다.

불행 중 다행인지 기자들의 모습은 보이지 않았다.

사고가 발생하고 현장 사진을 충분히 담아갔기 때문이다.

대부분의 기자들은 비상 상황실에서 독일 정부의 대응책을 취재하고 있을 것 같았다.

"Halt—!"

최치우가 통제선 가까이 접근하자 독일 경찰이 손을 뻗었다.

경찰의 굳은 인상 때문인지, 아니면 원래 어감 차이인지 Stop을 뜻하는 독일어 Halt(할트)가 유독 딱딱하게 들렸다.

최치우는 얼굴을 들어 경찰을 똑바로 바라봤다.

"흡!"

로봇 같은 독일 경찰이 깜짝 놀라 숨을 급히 들이켰다.

최치우의 얼굴은 전 세계에서 통하는 보증수표다.

서양인들은 보통 동양인의 얼굴을 잘 알아보지 못한다.

그럼에도 불구하고 최치우의 얼굴을 모르는 사람은 거의 없다.

그가 단순히 유명한 CEO일 뿐 아니라 올림픽에서 100m 세계신기록을 세운 금메달리스트이기 때문이다.

"영어 할 수 있죠?"

"Sicher! 아, 할 수 있습니다!"

본능적으로 독일어로 대답한 경찰이 얼른 영어를 썼다.

최치우는 가볍게 고개를 끄덕이며 용건을 말했다.

"메르켈 총리님과 연락을 했습니다. 비상 상황실로 가기 전 현장을 보겠다고."

"알겠습니다!"

독일 경찰이 큰 소리로 대답하고 통제선을 치워줬다.

그의 목소리 때문에 다른 경찰들도 최치우를 쳐다봤다.

다들 놀란 표정을 지었지만 크게 티를 내지는 않았다.

비극적인 사고가 일어난 현장이기에 사람들의 표정도, 분위기도 무거웠다.

"현장 감식반은 다녀갔습니까?"

최치우가 통제선을 열어준 경찰에게 질문을 던졌다.

경찰은 마치 상관을 대하듯 군기가 바짝 든 자세로 대답했다.

"네. 하지만 현장은 구조 작업 이후 그대로 보존돼 있습니다. 감식반도 DNA 채취를 위한 작업을 제외하면 현장을 크게 건드리지 않았습니다."

"고맙습니다."

최치우는 낮게 가라앉은 목소리로 고마움을 표했다.

공사장 입구의 광경은 처참했다.

자살 테러에 쓰인 트럭의 잔해가 여기저기 흩어져 있었고, 바닥을 물들인 검붉은 혈흔도 곳곳에 보였다.

열흘 넘게 기초공사로 다져놓은 시설물은 하나도 못 쓰게 됐다.

사건 조사를 끝내고, 현장을 복구하려면 그만큼 시간이 걸린다.

내년 여름까지 소울 스톤 발전소를 준공하는 일정은 수정할 수밖에 없었다.

동시에 100조 원을 뚫을 기세로 맹렬하게 급등하던 올림푸스 주가도 주춤거리고 있었다.

그렇다고 해서 주가가 하락세로 접어들지는 않았다.

올림푸스와 퓨처 모터스의 비전은 독보적이기 때문이다.

다만 12월 31일까지 합산 시총 100조 원을 넘겠다는 최치우의 목표는 아슬아슬해졌다.

남은 2주 동안 독일 정부가 믿음직스러운 테러 방지 대책을 내놓아야 도움이 될 것 같았다.

'일정과 주가를 떠나서 사람이 죽었다. 그것도 올림푸스의 일을 하기 위해 모여든 사람들이.'

최치우는 속으로 용암보다 뜨거운 노기(怒氣)를 다스리고 있었다.

자살 테러로 희생당한 사람들은 올림푸스를 위해 공사장에서 땀방울을 흘렸다.

직원은 아니지만, 넓은 의미에서 올림푸스라는 거대한 성 안으로 들어온 사람들이다.

그들을 죽이고 다치게 만든 것은 올림푸스를 향한 선전포고나 다름없다.

최치우는 아프리카에서 레드 엑스를 몰살시켰던 때를 떠올렸다.

배후가 누구든 그 끝은 레드 엑스와 같을 것이다.

'프로의 솜씨는 아니다. 테러에 쓰인 폭탄 또한 최신 장비와는 거리가 멀고. 네오메이슨이 직접 나섰다면 발전소가 준공되기 직전, 또는 소울 스톤이 라이프치히에 도착한 다음을 노렸겠지.'

최치우는 현장에서 꽤 많은 정보를 얻었다.

테러 또한 전쟁의 일부분이다.

피가 튀기는 진짜 전투, 제국을 멸망시키는 전쟁에 관해선 그 누구도 최치우보다 경험이 많을 수 없다.

'피해자들의 핏방울이 흐른 흔적을 보면… 폭발로 인한 즉사보다는 잔해에 깔려서 죽은 사람이 더 많겠군. 이곳이 시내였다면 구조가 빨라서 더 많이 살릴 수 있었을 텐데.'

두 눈으로 현장 구석구석을 살피니 안타까운 마음이 커졌다.

8명의 사망자들을 충분히 살릴 수 있는 상황 같았다.

만약 공사 현장에 응급 인력이 상주했다면 피해 규모는 줄어들었을 것이다.

최치우는 말없이 통제선 밖으로 빠져나왔다.

안면을 익힌 경찰에게 인사를 해주는 것도 잊었다.

당장 비상 상황실로 달려가 독일 정부의 안일한 태도를 조목조목 따질 작정이었다.

메르켈이 만족스러운 대책을 내놓지 못하면 최치우가 나설 수밖에 없다.

파트너인 독일 정부의 체면이 중요한 게 아니다.

최치우는 성난 얼굴로 레인지로버에 올라타 시동을 걸었다.

그의 마음을 아는 듯 차에서 유독 거친 엔진음이 올라왔다.

라이프치히 시청으로 이동하는 최치우의 눈동자에서 불꽃이 뿜어질 것 같았다.

*　　　　*　　　　*

저벅저벅—

어느 한 명도 최치우를 막아서지 못했다.

최치우는 굳게 닫혀 있던 비상 상황실의 문짝을 부숴 버릴 기세였다.

쾅!

거칠게 문을 연 최치우가 눈을 사납게 떴다.

비상 상황실에서 메르켈 총리와 부처 장관들, 라이프치히 시장과 소방 책임자가 모여 회의를 하는 중이었다. 최치우의 갑작스러운, 그리고 무례한 등장이 모두를 당황하게 만들었다.

오직 한 사람, 메르켈 총리만 포커페이스를 유지하고 있었다.

"총리님, 지금 당장 독대를 해야겠습니다."

최치우는 부탁을 하지 않고 다소 강압적으로 말했다.

독일의 총리에게 이런 식으로 말할 수 있는 사람은 최치우가 유일할지 모른다.

아니나 다를까.

장관들과 라이프치히 시장이 대번에 불쾌한 표정을 지었다.

하지만 메르켈이 한발 빨랐다.

“올림푸스는 이번 테러 사고의 당사자이기도 합니다. 한국에서 온 최 대표님과 먼저 이야기를 나누겠습니다.”

총리가 나서자 장관들이 엉거주춤 몸을 일으켰다.

곧이어 비상 상황실 안에 최치우와 메르켈만 남게 됐다.

“대표님, 먼저 위로를…….”

“제가 군부대를 동원해서라도 보안을 강화해야 한다고 말씀드리지 않았습니까.”

최치우는 메르켈의 말을 잘랐다.

테러가 일어난 게 독일 정부의 책임은 아니다.

그러나 최치우의 말만 따랐어도 이렇게 큰 사고가 나진 않았을 것이다.

메르켈도 고개를 끄덕이며 실책을 인정했다.

“국방부와 논의하는 중이었습니다. 그런데 이토록 일찍 테러가 발생할 줄은 몰랐습니다. 너무 방심한 내 탓입니다.”

“배후는 찾았습니까?”

“범인의 DNA 감식 결과 신원을 확인했습니다. 난민은 아니고, 중동의 이민자 2세였습니다. 현재로서는 I.S의 영향을 받은 행동대원으로 추정됩니다.”

I.S는 악명 높은 이슬람 극단주의 테러 단체다.

중동 출신의 자살 테러라면 I.S가 배후일 가능성이 높다.

하지만 최치우는 만족할 수 없었다.

“추정으로는 부족합니다. 3일 드리겠습니다. 독일 정부가 범인의 배후를 파악하지 못한다면… 올림푸스가 움직일 겁니다."

"그게 무슨 말입니까?"

"우리의 정보력과 행동력으로 I.S든 네오메이슨이든 배후로 의심되는 연결 고리를 찾아내 모조리 쓸어버리겠다는 뜻입니다. 그냥 드리는 말씀이 아닙니다, 총리님."

최치우는 한 글자, 한 글자를 힘주어 말했다.

그의 결연한 의지가 메르켈에게 충분히 전달됐다.

올림푸스의 최치우라면 독일 땅에서도 자기가 뱉은 말을 반드시 지킬 것 같았다.

상식이나 국제법 따위로 최치우를 절대 막을 수 없다.

본능적으로 최치우의 위험성을 깨달은 메르켈 총리는 식은땀이 흐르는 기분이었다.

벌떼처럼 몰려든 기자들 앞에서도 느끼지 않았던 감정을 최치우가 선사해 줬다.

최치우와 올림푸스는 독일 정부의 동맹이지만, 누구보다 까다로운 강적이기도 하다.

3일의 시간, 메르켈 총리는 분명한 답을 찾아야만 한다.

그렇지 않으면 통제 불가능한 최치우라는 괴물이 독일과 유럽을 헤집고 다닐 것이다.

심판을 부르는 운명의 시곗바늘이 돌아가기 시작했다.

11장
추적자

너희들은 건드려선 안 될 사람을 건드렸다.

영화에 나오는 대사지만, 현실에서 써도 될 것 같았다.

라이프치히에 테러를 가한 세력은 최치우를 적으로 돌렸다.

최치우는 메르켈 총리에게 3일의 시간을 주며 최후통첩을 남겼다.

네오메이슨이든 I.S든 끝까지 배후를 찾아내 잔혹한 대가를 치르겠다고 말했다.

메르켈도 사태를 심각하게 받아들였다.

그녀 자신의 정치적 생명이 걸렸기 때문만은 아니다.

수많은 국제 지도자들을 만나본 메르켈의 경험과 눈썰미는 타의 추종을 불허한다.

늘 표정 변화가 없지만, 메르켈처럼 판단력이 좋은 사람도 드물다.

그녀는 최치우가 얼마나 대단한 사람인지, 또 얼마나 위험한 사람인지 잘 알고 있었다. 25살의 나이로 올림푸스와 퓨처 모터스라는 기업을 이룩하고, 그걸로 모자라 100m 달리기 세계 신기록을 세우는 게 가능한 일인가.

최치우는 불가능의 역사를 뒤집으며 여기까지 달려왔다. 만약 그가 작정하고 분노의 불길을 휘두르면 감당이 안 될 것이다.

"만약 우리가 3일 안에 원하는 답을 가져오지 못하면 어떻게 할 생각입니까?"

"올림푸스와 독일 정부의 계약은 백지가 될 겁니다. 그다음에 벌어질 일은 미리 말씀드릴 수 없습니다. 아마도 불법일 테니까."

최치우는 독일 정부와 맺은 계약을 휴지 조각으로 만들 각오까지 하고 있었다. 귀책 사유는 독일에게 있다. 외부적 요인에 의한 사고의 책임은 100% 독일 정부가 진다고 계약서에 명시돼 있기 때문이다.

"불법이라면……."

"저는 항상 사람들의 상상을 뛰어넘었습니다. 더 이상 궁금해하지 마십시오, 총리님."

최치우는 허풍을 떠는 게 아니었다. 진지하게 자신의 입장을 밝히는 것뿐이다. 다만 그 내용이 독일 총리마저 긴장시킬 정도였다.

"최 대표님, 한국에서 한 걸음에 달려올 만큼 화가 났다는 것은 충분히 인지하고 있습니다. 그러나 우리 독일은 2차대전과 통일 이후 별도의 정보기관을 설치하지 않았습니다. 당장 3일 안에 테러의 배후를 밝히기는 어렵습니다."

메르켈은 이성을 잃지 않고 침착하게 설득했다.

물론 틀린 말은 아니었다.

전범국이 된 독일은 매사 조심스러울 수밖에 없다. 서독 주도의 통일 이후 동독의 정보기관과 특수부대도 모조리 철폐했다. 오늘날 독일이 누리는 지위는 경제적 성장 덕분에 얻은 과실이다. 그렇기에 안보와 정보에서 앞서는 영국, 프랑스는 틈만 나면 독일이 주도하는 E.U에 딴지를 거는 것이다.

최치우는 눈 하나 깜빡하지 않고 메르켈의 약점을 공략했다.

"영국의 MI6는 이미 배후를 알아냈을지 모릅니다. 우리나라에는 이가 없으면 잇몸으로 씹으라는 속담이 있습니다."

"하지만 MI6가 우리에게 대가 없이 정보를 줄 리 없습니다."

"그러니까 무슨 대가든 MI6에게 주면 되지 않습니까. 독일 정부가 어떤 양보를 하든 관심 밖입니다. 저는 3일 안에 테러의 배후를 확인하고 싶은 것뿐입니다. 그래야만 올림푸스와 독일의 계약도, 우리의 동맹 관계도 유지될 수 있습니다."

이보다 더 깊은 대화는 필요치 않았다.

메르켈은 알았다는 듯 고개를 끄덕였다. 언제나 포커페이스를 지키는 메르켈도 인상을 찌푸리고 있었다.

그만큼 풀기 어려운 숙제를 받았기 때문이다.

최치우는 살짝 목례를 하고 등을 돌렸다. 문을 열고 나오니 비상 상황실 밖에 독일 장관이며 소방 책임자들이 주르르 서 있었다.

최치우는 그들에게 눈길 한번 주지 않았다.

따지고 보면 독일 당국자들의 잘못은 아니다. 그러나 사고가 발생하면 누군가 책임을 져야 한다. 높은 자리일수록 책임도 더 커지는 법이다.

'내 책임도 외면할 수 없지. 그러니까 내 손으로 바로잡겠다.'

최치우도 크나큰 부담감을 느꼈다.

공사를 시작한 지 한 달도 안 됐는데 테러가 일어날 줄은 몰랐다. 군부대를 동원하라고 충고는 했지만, 독일 정부 못지않게 최치우도 상황을 낙관하고 말았다.

'복수는 3일 뒤에 시작하고, 우선은 사람들부터 챙기자.'

최치우는 진짜로 책임을 지는 방법이 무엇인지 알고 있었다.

수많은 리더들이 말로만 책임을 진다. 하지만 최치우는 행동으로 보여줄 것이다. 사망자 8명과 부상자 13명에게 올림푸스의 이름으로 피해 보상을 해줄 계획이었다. 물론 독일 정부에서 보상책을 마련했고, 보험 회사도 나선다.

따지고 보면 올림푸스가 추가로 피해 보상을 할 이유는 없다.

그럼에도 최치우의 결심은 확고했다. 누구든 올림푸스의 울타리 안에서 사고를 당했다면 끝까지 책임을 져줄 것이다.

비상 상황실에서 빠져나온 최치우의 다음 행선지는 병원이었다. 사망자의 유족과 부상자들을 직접 만나 사의를 표하고, 위로를 전하고 싶었다.

최치우는 무거운 마음으로 핸들을 잡고 액셀을 밟았다.

독일에서 얼마나 오래 머무르게 될지 모르지만, 해야 할 일이 무척 많을 것 같았다.

*　　　*　　　*

3일이 지났다.

최치우는 단 하루라도 사정을 봐줄 생각이 없었다.

그는 지난 3일 내내 유족과 부상자 가족을 면담하며 시간을 보냈다. 올림푸스 자체적으로 막대한 보상을 약속했지만 여전히 미안한 마음이 들었다. 그렇기에 더더욱 테러를 벌인 세력을 용서할 수 없었다.

최치우는 3일 동안 최악의 시나리오도 대비하고 있었다. 독일 정부와 계약을 파기하고, 독자적으로 복수를 감행할 방법을 고민했다.

그리 어렵지만은 않은 일이었다. 소울 스톤 발전소 계약을 파기하면 그만큼 주가가 낮아지겠지만, 올림푸스는 굳건하다. 100조 가까이 치솟은 현재의 주가에서 조정이 일어나도 큰 타격이 아니다.

아도니스의 소울 스톤을 원하는 정부는 널리고 널렸다. 독일만큼 파격적인 조건이 아니라도 얼마든지 협상할 상대는 많다.

오히려 심대한 타격은 독일 정부가 입게 될 것이다.

독자적인 복수도 최치우에겐 막막한 미션이 아니었다. 세상에 돈으로 안 되는 일은 거의 없다. 작정하고 돈을 풀면 어나니머스를 비롯해 실제 정보기관도 움직일 수 있다. 일단 정보만 얻으면 뒷일은 걱정할 필요가 없다.

최치우는 일인 군단이다. 혼자 적의 본거지에 침입해 박살을 내버릴 수 있다. 총과 수류탄으로 중무장한 테러리스트들도 최치우 앞에서는 어린아이나 마찬가지다.

그가 작정하고 무공과 마법을 펼치면 펜타곤에도 구멍이 뚫릴지 모른다.

"총리님을 만나러 왔습니다."

최치우는 이런저런 생각을 정리하며 라이프치히 시청에 들어섰다. 3일 전처럼 막무가내로 비상 상황실까지 달려가진 않았다.

그때는 화가 머리끝까지 솟구쳤었다. 하지만 웬만하면 독일 정부의 절차를 지켜주는 게 낫다. 적어도 아직까지 올림푸스와 독일의 계약은 유효하고, 동맹 관계를 맺고 있다.

"바로 안내해 드리겠습니다."

라이프치히 시청 직원이 최치우를 전담했다.

전세계의 주목을 받는 테러 사고가 일어났기 때문에 시청 직원들도 연일 비상 근무를 이어가고 있었다.

다들 피곤한 기색이 역력해 보였다. 그러면서 무겁고 숙연한 분위기를 유지하고 있는 게 안쓰럽기도 했다.

고작 한 명의 미친놈이 벌인 자살 폭탄 테러의 여파는 이토록 컸다.

도시 전체, 아니, 나라 전체가 영향을 받고 있었다.

'누가 그 미친놈을 이용했는지 두고 보자.'

최치우는 수백 번 반복해도 질리지 않는 각오를 다지며 비상 상황실까지 걸어갔다.

메르켈은 약속 시간에 맞춰 최치우를 기다리고 있었다. 연일 밤늦게까지 사고 대책을 짜내느라 메르켈 총리도 지쳐 보였다.

"최 대표님."

"네, 총리님."

두 사람은 간단히 인사를 나눴다.

3일 전 바로 이 자리에서 살얼음판을 걷는 듯 민감한 이야기를 주고받았지만, 개인적 감정의 문제는 아니었다.

최치우와 메르켈은 각각 거대한 기업과 국가의 운명을 책임지고 있다. 공적인 결단과 사적인 감정을 구분하는 게 당연한 인물들이다.

"3일이 참 빨리 지나갔습니다."

"고생 많으셨습니다."

"우리 정부에서는 이번 테러를 개인의 단독 범행으로 발표할 예정입니다. 물론 범인이 I.S의 영향을 받았지만 구체적 지원은 없었던 것으로."

"독일의 공식 입장은 그렇군요."

최치우는 고개를 끄덕였다.

정부에서 발표하는 입장이 100% 진실일 확률은 매우 낮다.
그가 원하는 것은 수면 아래 감춰진 진실이다.
메르켈은 담담하게 말을 이었다.
"최 대표님이 원하는 정보는 MI6로부터 얻었습니다. 영국 정부의 어려운 부탁을 들어주는 대가로."
"어딥니까? 배후 세력은."
최치우는 메르켈이 어떤 대가를 지불했는지 관심이 없었다.
그것은 독일 정부의 책임 중 하나일 뿐이다.
과연 MI6가 어떤 정보를 줬는지, 최치우가 궁금한 것은 그 내용이 전부였다.
"프랑스 파리의 I.S 비밀 지부에서 범인을 섭외했고, 폭탄과 차량을 지원했습니다."
"독일이 아닌 프랑스가 배후라는 말씀이십니까?"
"유럽에서 I.S를 비롯한 극단주의 이슬람 세력이 가장 활발하게 활동하는 나라가 프랑스입니다."
"네오메이슨의 짓은 아니라는 것이군요."
"그것도 확신할 수는 없습니다. 폭탄을 구입하고, 독일까지 은밀하게 이동시키는 데 적지 않은 자금이 들었을 겁니다. 최근 I.S의 금융자산이 동결됐는데… 테러에 쓰인 돈을 누가 지원했는지 모르겠습니다."
"파리에 있는 I.S의 비밀 지부를 털면 답이 나오겠죠."
100% 만족스럽진 않지만 메르켈 총리는 최선을 다했다.
어쨌든 3일 안에 테러의 배후 세력을 알려줬으니 독일과의 동맹을 계속 유지해도 될 것 같았다.

"총리님, 사고 현장을 수습하는 즉시 발전소 공사를 재개했으면 합니다. 군부대의 현장 경호와 함께."

"당연히 그렇게 하겠습니다. 불행한 사고가 발생했지만, 우리 독일과 올림푸스의 파트너십은 공고하다는 보도 자료를 낼 계획입니다."

메르켈은 크게 한숨 돌린 표정이었다. 이 상황에서 올림푸스까지 등을 돌리면 벼랑 끝에 몰렸을 것이다. 다행히 소울 스톤 발전소라는 독일의 숙원 사업은 지속하게 됐다.

그러나 최치우의 관심은 여전히 테러의 배후에 집중돼 있었다.

"파리의 I.S 지부에 대한 정보를 모두 주십시오. 아주 사소한 부분까지 전부."

"MI6에서 받은 원본 파일을 보내주겠습니다."

"감사합니다. 그런데 총리님, E.U 또는 프랑스 정부가 I.S의 지부를 건드리지 못하는 이유가 있습니까?"

"I.S가 인류 공동의 적이지만… 그렇다고 외국의 일에 함부로 관여할 수는 없습니다. 우리 독일이, 아니면 영국이 파리에서 작전을 수행하면 국제적인 외교 문제가 될 겁니다."

"프랑스 정부는 왜 그들을 방치하는 거죠?"

"잘못하면 감당하기 힘든 정치적 재앙이 될 수 있기 때문입니다. 프랑스, 특히 파리에서 중동 이민자들의 숫자는 점점 늘어나고 있습니다. 확실한 증거 없이 무력을 사용하다 무고한 희생자가 나오면 대규모 폭동이 일어날지 모릅니다."

머리로 이해는 할 수 있지만, 가슴으로 납득하긴 어려웠다.

정치적인 부담 때문에 테러리스트를 방관해야 하는 세상이라니.

최치우는 후폭풍 따위 염려하지 않았다.

정부가 못 하는 일도 최치우는 해낼 수 있다.

어쩌면 이번 사건 때문에 유럽의 골칫덩이인 I.S 추종 세력이 싹 소탕될지도 모른다.

MI6의 원본 파일을 넘겨받은 최치우는 파리의 특급 호텔 스위트룸을 예약했다.

겁도 없이 올림푸스를 공격한 이들에게 재앙을 내려줄 시간이 왔다.

그의 무대가 독일에서 프랑스 파리로 옮겨지고 있었다.

* * *

메르켈 총리는 듬직한 모습으로 독일 여론을 다독였다.

그녀는 일주일 가까이 라이프치히에서 밤을 지새우며 사고 현장 수습과 피해 보상을 원활하게 마무리 지었다.

올림푸스와 파트너십도 흔들리지 않았음을 공표했다.

이에 화답하듯 올림푸스도 소울 스톤 발전소의 기초공사를 재개할 예정이라고 밝혔다.

물론 후속 대책으로 독일 군부대가 라이프치히 인근에 상주하며 현장을 지키게 됐다.

주춤거리던 올림푸스의 주가는 다시 상승 곡선을 그리기 시작했고, 메르켈 총리의 지지율도 9% 정도 빠졌지만 최악은 면했다.

크나큰 위기를 겪은 것치고는 선방을 한 셈이다.

여전히 라이프치히 시내의 분위기는 어두웠지만, 독일의 다른 지역은 점차 충격에서 벗어나고 있었다.

다가오는 크리스마스를 앞두고 도시마다 화려한 장식도 달기 시작했다.

그러나 테러 사건은 이대로 끝난 게 아니었다.

조용히 프랑스 파리로 이동한 최치우라는 복병이 남아 있었다.

최치우는 파리에서 손꼽히는 빈민가인 19구의 뒷골목을 파헤쳤다.

19구의 지역 주민 70% 이상이 불법 체류자와 이민자로 알려져 있다.

낭만의 도시 파리는 곳곳에 어두운 그림자를 숨기고 있는 것이다.

"$&#%@^&—!"

"%&$^#@*@((#*!"

어둠이 드리운 저녁, 골목 여기저기에서 알아듣기 힘든 아랍어가 울려 퍼졌다.

백인과 동양인은 눈을 씻고 찾아도 볼 수 없었다.

오늘날 파리 19구는 전성기의 뉴욕 할렘보다 훨씬 위험한 지역이다.

이곳에서 무슨 일이 벌어져도 파리 경찰은 크게 신경 쓰지 않는다.

최치우는 불법 체류자들의 거친 눈빛을 받으면서 성큼성큼 골목을 가로질렀다.

똑똑—

이윽고 그가 허름한 건물의 1층 문을 두드렸다.

겉보기엔 이슬람 음식을 파는 식재료 전문점으로 보였다.

하지만 몇 번이고 문을 두드려도 무반응이었다.

'1층 안쪽에 다섯 명. 총을 들고 있겠군. 지하실에는 몇 명이 더 있을지 모르고.'

아무리 인기척을 죽여도 최치우의 감각을 속일 순 없다.

계산을 마친 최치우는 망설이지 않았다.

콰아앙!

발길질 한 번에 나무로 만들어진 현관문이 산산조각으로 박살 났다.

경찰도 함부로 못 들어오는 19구에서 일대 파란이 일어날 것 같았다.

*　　　*　　　*

두다다다다다—!

총성이 연달아 울렸다.

자주 있는 일은 아니지만, 그렇게 드문 일도 아니다.

파리 19에서는 무슨 일이 벌어져도 놀랍지 않다.

그렇지만 불법 체류자와 이민자 갱스터들도 총격전 앞에서는 몸을 사린다.

낯선 동양인이 문을 부수고 들어가더니 총을 난사하는 소리가 울렸다.

19구의 거친 청년들도 총성이 울린 건물에서 멀리 떨어졌다.

괜한 호기심 때문에 잘못 튕긴 총알에 맞아 죽고 싶은 사람은 아무도 없기 때문이다.

빠각!

그 순간, 최치우의 다리가 또 한 명의 관자놀이에 꽂혔다.

원심력을 이용한 선풍각(旋風脚)은 무림에서 알아주는 절기다. 내공이 실린 선풍각을 맞은 사내는 그대로 두개골이 찌그러졌다.

군더더기 없는 즉사.

강철만큼 단단한 두개골을 함몰시킨 최치우가 몸을 돌렸다.

남은 인원은 둘.

최치우는 문을 부수고 난입하자마자 총을 들고 있는 셋을 순식간에 처리했다. 살아남은 두 사람은 총이 없는지 기다란 나이프를 들고 있을 뿐이었다.

"Where is your boss?"

최치우는 살기를 흩뿌리며 차갑게 질문을 던졌다.

두 번의 기회는 주지 않는다.

이들은 모두 I.S의 비밀 지부에 소속된 핵심 요원들이다.

런던, 파리, 라이프치히 등 유럽 전역에서 수차례의 테러 사고를 직접 일으킨 국제적 전범들이다.

쐐애액—

최치우가 궁신탄영을 펼쳤다.

활처럼 휘어진 몸이 눈 깜짝할 사이에 튀어나갔다.

그는 속도의 힘으로 나이프를 가볍게 쳐내고, 넋이 나간 남자의 목을 후려쳤다.

"커억!"

비명이 길게 이어지지 않았다.

목이 부러진 남자가 허수아비처럼 쓰러졌다.

이제 1층의 생존자는 한 명밖에 없다.

최치우는 그를 노려보고 한 번 더 질문을 던졌다.

"Where is your boss?"

똑같은 질문이다.

180㎝가 넘는 거구의 사내가 칼을 떨어뜨리고 더듬거리며 대답했다.

"지, 지, 지하에……."

사내의 손가락이 1층 부엌 뒤편을 가리키고 있었다.

그곳에 지하실로 연결되는 통로가 있다는 뜻이다.

최치우는 고개를 끄덕였다.

원하는 대답을 얻었지만 테러리스트 조직원을 살려둘 생각은 조금도 없었다.

피슉—!

그의 손에서 미쓰릴 단검이 날아가 사내의 목을 꿰뚫었다.

모든 차원을 통틀어 가장 강력한 금속으로 죽였으니 I.S의 조직원에겐 과분한 영광인 셈이다.

슈우욱—

최치우가 힘을 주자 미쓰릴 단검이 다시 손으로 돌아왔다.

"몰살이다. 빌어먹을 테러리스트들아."

그는 아프리카에서 레드 엑스를 섬멸할 때와 같은 원칙을 세웠다.

올림푸스를 건드리면 타협 없이 모두 죽인다.

어차피 목격자도 없다.

건물 안에서 벌어진 일은 누구도 보지 못했다.

파리 19구에는 변변찮은 CCTV도 없다.

경찰도 한참 지나서야 마지못해 도착할 가능성이 높다.

남들에게는 무조건 피해야 할 우범지대지만, 최치우를 위해 마련된 완벽한 무대였다.

벌컥—

최치우는 부엌에서 비밀 통로를 찾았다.

생각보다 통로 입구는 어설프게 숨겨져 있었다.

지하실로 내려가는 계단에는 조명이 없었다.

어두컴컴한 지하에서 뭐가 튀어나올지 모르는 상황이다.

세계 최강의 특수부대도 이럴 때는 함부로 진입하지 않는다.

조명으로 시야를 확보하고, 선발대와 호위조를 엄격하게 나눠서 천천히 들어간다.

그러나 최치우는 달랐다.

단 1초의 주저함도 없이 계단을 밟아 지하로 내려갔다.

1층에서 총성이 울리고, 다섯 명을 모두 죽일 때까지 걸린 시간은 겨우 1분 30초 남짓.

그사이에 지하실의 인원이 도망갔을 확률은 낮다.

무엇보다 자존심 높기로는 세계 제일인 I.S의 전사들이 금방 꽁무니를 뺐을 리 없다.

아니나 다를까.

최치우가 계단을 거슬러 내려오자마자 연막탄이 터졌다.

펑— 쉬이이이익!

지하실의 인원은 아직 몇 명이 침입했는지 모른다.

설마 최치우 혼자서 1층을 쑥대밭으로 만들었을 거란 상상은 못 할 것이다.

그렇기에 연막탄을 터뜨려 침입자의 인원을 파악하려는 것 같았다.

"%#&@*(@—!"

곧이어 알아들을 수 없는 아랍어가 울렸다.

연막 너머에서 단 한 사람의 그림자만 일렁거리는 걸 보고 목소리를 높인 것이다.

처척— 처처척—

순식간에 지하실 여기저기에서 묵직한 발자국 소리가 들려왔다.

최치우는 한껏 예민해진 감각으로 적들을 간추렸다.

'무장 병력 8명, 그리고 맨 끝 방에 혼자 남은 1명. 찾았다!'

레이더가 따로 필요 없었다.

최치우는 I.S의 프랑스 비밀 지부를 이끄는 보스를 찾아냈다.

지하실 안쪽에서 보고를 기다리는 남자.

그가 바로 독일의 행동대원을 움직여 라이프치히 테러를 일으킨 주범이다.

철컥!

그사이 차가운 금속성이 최치우의 귓가를 자극했다.

8명의 무장 병력이 발포할 준비를 마친 것이다.

"윈드 스피어—!"

이번에는 최치우가 먼저 선공을 퍼부었다.

적들이 간을 보는 동안 5서클 마법 윈드 스피어를 캐스팅해버린 것이다.

피슈우웅— 퍼퍼펑!

바람의 창이 쏘아져 폭탄처럼 터졌다.

좁은 지하실 안에서 사격을 준비하던 I.S 조직원들은 엄청난 에너지 폭발에 휩쓸릴 수밖에 없었다.

'한 발 더 남았다.'

최치우는 인정사정 봐주지 않았다.

그가 마나로 만든 또 다른 바람의 창이 미사일처럼 발사됐다.

"윈드 스피어!"

콰콰콰쾅!

자비는 없었다.

최치우는 5서클의 공격 마법을 두 번이나 펼쳤다.

평범한 인간이 감당할 수준이 아니었다.

윈드 스피어 덕분에 연막탄의 장막도 걷혔다.

최치우는 확 트인 시야로 줄줄이 쓰러져 있는 I.S 조직원들을 쳐다봤다.

1층을 합하면 무장 병력 14명이 한곳에 모여 있었다.

사실 이만하면 어마어마한 숫자다.

진압을 위해서는 특수부대 30명 이상을 투입해야 한다.

그런데 최치우는 혼자서 5분 만에 보스를 제외한 전원을 쓸어버린 것이다.

"돈 굳었다."

그는 지하실 복도를 가로지르며 혼잣말을 읊조렸다.

만약 I.S 비밀 지부의 저항이 더 격렬했다면 미쓰릴 필드를 쓰려 했었다.

미쓰릴 필드를 사용하면 총을 비롯해 모든 무기가 무용지물이 되기 때문이다.

하지만 굳이 펜타곤에서 개발한 미쓰릴 필드를 던질 필요도 없었다.

하나에 10억이 넘는 미쓰릴 필드를 아꼈으니 흡족할 법도 했다.

저벅저벅.

최치우의 발자국 소리는 I.S 조직원들과 다르게 요란스럽지 않았다.

무게중심이 낮게 깔려 있는 사람의 특징이다.

그러나 지하실 구석방에서 혼자 남은 사람, I.S 비밀 지부의 보스에게는 발자국 소리가 무척 크게 들릴 것이다.

사신(死神)의 걸음걸이나 마찬가지이기 때문이다.

최치우는 짙은 미소를 지으며 방문을 열었다.

타타타타!

문이 열리자 즉시 총알 세례가 쏟아졌다.

하지만 미리 예상하고 있던 최치우의 몸은 바닥에 딱 붙어 있었다.

스으윽—

그가 마치 뱀처럼 바닥을 기었다.

애꿎은 총알은 허공을 관통했고, 무섭도록 빠르게 움직인 최치우가 몸을 일으켰다.

콰득!

최치우의 손아귀가 콧수염이 무성한 중년인의 얼굴을 움켜쥐었다.

엄청난 위압감이 뿜어졌다.

공포와 내공에 질식한 중년인은 그대로 의식을 잃고 축 늘어졌다.

"이 정도로 기절하면 곤란한데. 우린 아주 깊은 대화를 나눠야 해."

최치우는 중년인을 짐짝처럼 한쪽 어깨에 짊어졌다.

13명의 I.S 조직원을 죽인 최치우는 인터폴 수배 명단에 오른 거물급 테러리스트를 데리고 사라졌다.

당연하게도 경찰은 감감무소식이었고, 생존에 민감한 19구의 주민들은 총성이 울린 건물 근처에 얼씬도 하지 않았다.

결과적으로 프랑스 정부의 앓는 이를 최치우가 대신 빼준 셈이다.

파리 19구에 나타난 사신은 그렇게 이름도 흔적도 남기지 않고 목적을 달성했다.

*　　　*　　　*

프랑스 정부가 대형 뉴스를 터뜨렸다.

은밀하게 특수부대를 투입해 I.S의 비밀 지부를 일망타진했다고 밝힌 것이다.

진압 과정에서 13명의 조직원을 사살했고, 모두 인터폴에 지명수배 중인 테러리스트였다.

파리 시내에 I.S 조직원들의 지부가 있었다는 사실은 사뭇 충격적이었다.

그렇지만 성공적으로 비밀 지부를 박살 낸 프랑스 정부를 칭찬하는 목소리가 더 높았다.

강도 높은 개혁으로 프랑스 국정을 이끌던 마크롱 대통령의 지지율도 상승했다.

물론 진실은 수면 아래 잠들어 있었다.

MI6의 정보를 받은 최치우가 혈혈단신으로 I.S 프랑스 비밀 지부를 초토화시킨 걸 아는 사람은 아무도 없다.

프랑스 정부는 참혹한 현장을 보고 냉큼 전리품을 집어삼켰을 뿐이다.

MI6와 메르켈 총리도 설마 최치우 혼자 13명을 죽이고 1명의 거물 테러리스트를 데려갔을 거란 생각은 꿈에도 못 했다.

지금쯤 머릿속이 복잡할 것이다.

최치우가 남아공에 있는 헤라클레스를 불러들여 일을 벌였는지, 아니면 대체 무슨 수로 I.S 지부를 몰살시켰는지 궁금해도 알아낼 방도가 없었다.

그 시각, 최치우는 프랑스 지부의 보스인 압둘라 아흐만을 심문하고 있었다.

인터폴의 1급 테러범 압둘라 아흐만은 파리 외곽의 밀실에서 눈을 떴다.

최치우가 파리에 도착해 미리 빌려둔 은밀한 장소다.

"천천히 말해봐. 또박또박, 영어로."

낮게 깔린 목소리가 어두운 밀실의 분위기를 휘어잡았다.

두 손이 뒤로 묶인 압둘라 아흐만은 공포에 질려 있었다.

날고 기는 테러리스트도 인간이다.

상식을 초월한 존재 앞에서는 한없이 약해지는 게 당연하다.

맨몸으로 13명의 조직원을 처단한 사람이 눈앞에 서 있다.

다시 기절하지 않고 정신을 붙잡는 게 용할 지경이었다.

“보, 본부의 지령은 아니었습니다.”

압둘라 아흐만의 발음은 부정확했다.

아랍어와 프랑스어는 유창하지만 영어는 초등학생 수준이었다.

그래도 겁을 잔뜩 먹고 발음을 제대로 내려고 애썼다.

그는 한마디라도 잘못하면 바로 죽는다는 걸 깨달았다.

눈앞에 선 최치우가 자비와는 거리가 먼 인간임을 본능적으로 느낀 것이다.

최치우는 수준 낮게 고문 따위를 하지 않았다.

몸에서 뿜어내는 압도적인 기운으로 압둘라 아흐만의 정신을 굴복시켰다.

상대가 여러 사람을 죽여본 테러리스트라 더 쉬웠다.

압둘라 아흐만은 죽음의 냄새를 맡을 줄 안다.

그렇기에 최치우의 눈빛만 봐도 심연의 공포를 느끼게 되는 것이다.

“I.S 본부에게 존재감을 과시하기 위해 프랑스 지부에서 단독으로 범행을 계획했다고?”

압둘라 아흐만이 얼른 고개를 끄덕거렸다.

보통 이런 경우에는 남 탓을 하는 게 일반적이다.

그러나 압둘라 아흐만은 정신 지배를 단단히 당했다.

게다가 극단주의 이슬람 테러리스트들은 거짓말을 금기로 여긴다.

테러를 하다 죽으면 천국에 가지만, 거짓말을 하면 알라의 부름을 받지 못한다고 믿기 때문이다.

최치우는 손을 뻗어 압둘라 아흐만의 목을 잡았다.

더욱 흉폭해진 기운이 폭풍처럼 휘몰아쳤다.

무림에서 사납기로 악명이 자자한 권왕의 아랑권을 펼치기 직전이다.

이대로 조금만 힘을 주면 압둘라 아흐만의 목을 부러뜨릴 수 있다.

"으… 으으……."

겁에 질린 압둘라 아흐만이 게거품을 물었다.

그의 입술 양 옆으로 침 대신 하얀 거품이 올라왔다.

최치우는 압둘라 아흐만의 눈을 똑바로 노려보며 가장 중요한 질문을 던졌다.

"무슨 돈으로 폭탄을 사고 독일까지 운반했지? 유럽 내부의 모든 계좌가 막혔을 텐데, 누가 돈을 줬나!"

"마, 마르코… 슈테겐……."

드디어 확실한 이름이 나왔다.

최치우가 눈을 번뜩였다.

I.S의 비밀 지부에 자금을 지원한 사람은 중요한 연결 고리다.

그를 잡으면 라이프치히 테러를 지원한 배후 세력의 실체가 드러날 것이다.

"마르코 슈테겐? 그가 누구인지 말해라!"

최치우의 외침은 지상명령처럼 압둘라 아흐만의 뇌리를 파고 들었다.

그는 아랑권의 내공을 절정까지 끌어올렸다.

쏴아아아아아아—!

이대로 시간이 흐르면 압둘라 아흐만은 회복하지 못할 내상을 입게 된다. 그만큼 강력한 기운이 그를 사방에서 조였다. 고문을 대비한 훈련을 받는 특수부대 요원도 버티지 못했을 것이다.

"도, 독일… 교통부 장관… 보, 보좌관. 끄흐윽—!"

진실을 밝힌 압둘라 아흐만이 더 이상 버티지 못하고 한 움큼 핏덩이를 토해냈다.

최치우는 그의 목을 잡은 손을 거뒀다. 아랑권의 기운도 거짓말처럼 사라졌다. 대신 그보다 짙은 분노가 최치우의 마음 깊은 곳에서 차오르고 있었다.

독일 교통부 장관의 보좌관, 마르코 슈테겐.

등잔 밑이 어둡다고 했던가.

라이프치히 테러의 배후는 아주 가까운 곳에 있었다.

『7번째 환생』 9권에 계속…